Sens dessus dessous

Milena Agus

Sens dessus dessous

*Traduit de l'italien
par Marianne Faurobert*

Liana Levi

Titre original : *Sottosopra*

© 2012, nottetempo srl
© 2016, Éditions Liana Levi, pour la traduction française

ISBN : 978-2-86746-815-5

www.lianalevi.fr

«Vous voyez comme elle était belle, Madame Rosa, avant les événements. Vous devriez vous marier. [...]

– Je l'aurais peut-être épousée il y a cinquante ans, si je la connaissais, mon petit Mohammed.

– Vous vous seriez dégoûtés l'un de l'autre, en cinquante ans. Maintenant vous pourrez même plus bien vous voir et pour vous dégoûter l'un de l'autre, vous n'aurez plus le temps.»

La Vie devant soi
Romain Gary

Première partie

1

Avant de connaître la dame du dessous et le monsieur du dessus, la vieillesse ne m'intéressait pas. Vieux, mes parents n'ont pas eu le temps de le devenir, mon père s'est tué bien trop tôt et ma mère est retombée en enfance. Je ne vois jamais mes grands-parents, et c'est une jeune femme qui prend soin de ma mère.

Quoi qu'il en soit, il est clair qu'aucun vieux n'aurait pu exciter mon imagination. Aucun, excepté la dame du dessous et le monsieur du dessus. Désormais, la vieillesse ne m'apparaît plus comme une ombre mais comme un éclat de lumière, le dernier, peut-être.

2

Il y a quelque temps, Mr. Johnson, le monsieur du dessus, a frappé à ma porte, vêtu avec sobriété et élégance comme un gentleman, sauf que l'ourlet de son pantalon était décousu, ses lacets défaits et ses chaussettes dépareillées.

« J'habite à l'étage du dessus, m'a-t-il dit. Je suis votre voisin.

– Je le sais. Difficile de ne pas se croiser, dans cet immeuble. »

Il avait un service à me demander : est-ce que je voulais bien arroser ses fleurs, parce qu'il partait jouer du violon sur un bateau de croisière, et que sa femme, qui y tenait beaucoup, surtout aux roses et aux pois rouges, serait désolée de les retrouver desséchées, si elle rentrait.

« Ça n'existe pas, les pois rouges, Mr. Johnson, ce sont sans doute des baies. »

Il y a quelques jours, de retour de croisière, il est passé me remercier, car roses et pois étaient en grande forme, mais là n'était pas le but de sa visite. Avec embarras, il m'a demandé si, parmi mes amies étudiantes, il y en avait une qui saurait faire la gouvernante. Elle serait en échange logée et nourrie, car sa femme était partie, peut-être pour toujours, et qu'il lui fallait quelqu'un pour tenir sa maison, pas simplement une bonne. Il me voyait toujours avec un tas de livres, alors il était sûr de pouvoir me faire confiance.

Je n'ai pas réfléchi longtemps : j'ai couru chez la dame du dessous, Anna. Elle est malade du cœur mais elle a besoin d'argent, et chaque jour, elle doit prendre deux autobus pour aller au travail et deux pour en revenir. Une place de gouvernante à l'étage du dessus serait une aubaine pour elle, je n'en doutais pas.

Nous attendons le monsieur du dessus, assises sur le canapé, la dame du dessous et moi, et je lis dans ses yeux : « L'appartement du monsieur du dessus ! Ah, l'appartement du monsieur du dessus ! Tu as vu cette lumière, cette terrasse avec vue sur la mer, ces miroirs ! »

Une bonne en tenue de bonne nous a installées là en nous disant : « Il arrive tout de suite. »

Mr. Johnson entre, vêtu avec une sobre élégance, un vrai gentleman, sauf qu'une de ses manches est déchirée.

« Votre manche est déchirée ! » lui fais-je remarquer en désignant son coude.

Il repart en s'excusant, sûrement pour se changer, et Anna me fait les gros yeux, mais quand il revient, c'est avec la même veste sur le dos.

« Mr. Johnson, lui dis-je, voici la dame du dessous, qui serait disposée à travailler chez vous.

– Oh, merci !

– Mon amie sait tout faire, elle cuisine, elle coud, elle nettoie, elle lave et elle repasse de manière très soignée.

– Merci !

– Mr. Johnson, cette dame travaille pour d'autres personnes, mais si vous le souhaitez, elle peut commencer chez vous dès demain.

– Merci !

– Alors, à demain, Mr. Johnson ? dit enfin Anna.

– À demain ! lui répond Mr. Johnson, en la regardant enfin.

– Au revoir!
– *See you soon!*»
Et nous partons.

Pendant l'entretien, qui n'en était pas vraiment un, il nous a abreuvées de «merci», comme si nous étions venues lui faire une faveur, et non pour une embauche. Mais nous avons pris ça comme une bizarrerie de plus, avec ses lacets défaits, ses chaussettes dépareillées et sa manche déchirée. Et sans nous inquiéter davantage, l'entretien terminé, nous sommes descendues fêter ça chez la dame du dessous, où il fait toujours nuit. La lumière n'y entre que par une grande porte-fenêtre, celle du salon, qui sert aussi de vestibule et donne sur l'escalier de service, c'est pourquoi il faut tirer les rideaux pour avoir un peu d'intimité. La cuisine, la salle de bains et la chambre à coucher n'étant éclairées que par quelques lucarnes barrées par l'escalier, d'où l'on n'aperçoit que les pieds des voisins, il y fait pareillement nuit. Dans sa cuisine obscure, avec ses casseroles accrochées aux murs, ses robinets sans mélangeur et ses étagères bourrées de conserves, de pots de confitures et de légumes en bocaux, Anna a fait du chocolat chaud en se servant de la machine à expresso que sa fille lui a offerte grâce à son premier salaire. En vérité, de toutes les choses qui lui seraient utiles, des robinets modernes ou des radiateurs pour l'hiver, par exemple, quand le froid vous fait exhaler de petits nuages, cette machine est bien la dernière, mais la dame du dessous a le goût des objets superflus et tape-à-l'œil. Son salon, avec cette porte-fenêtre sur l'escalier de service, me fait penser à la cabane d'un naufragé meublée avec tout ce que la mer rejette sur le rivage : tables, guéridons, chaises de styles variés, dont plusieurs avec des dossiers en forme d'animaux, d'autres en fer forgé,

15

un buffet débordant de bibelots et une bibliothèque suédoise, des rideaux de brocart rouge foncé et, derrière, des stores.

Même son prénom, Anna, sobre et tranquille, elle le trouve ordinaire, et elle s'est lâchée avec celui de sa fille, Natasha, qui en a honte et aurait préféré un prénom normal.

Anna nous a servies au salon, dans des tasses de porcelaine chinoise, mais avec une chocolatière du Mulino Bianco.

« Je m'achèterai une chocolatière digne de ce nom dès que je le pourrai, s'est-elle excusée.

— Au premier salaire que Mr. Johnson te versera.

— Ah, vraiment, quelle chance ! Je savais bien qu'il m'arriverait quelque chose d'extraordinaire, a-t-elle dit, et je sais maintenant que c'était de monter à l'étage du dessus. Tu as vu cette lumière, comme elle joue sur les portes vitrées, et ces plafonds si hauts ? Il y a même un dressing-room. Chez tous les vrais riches, il y a un dressing-room. À l'intérieur, en plus de la penderie, il y a une table à repasser avec une jeannette, un fer à vapeur professionnel, et aussi une machine à coudre qui fait même les broderies. Mais la chambre de Mr. Johnson ressemble à une cellule de moine trappiste, pas vrai ? Un lit, une table de chevet, une armoire et des violons, des violons et des lutrins. Un trappiste musicien.

— Oui, mais je n'ai pas aimé tous ces "oh merci !", ai-je dit. De quoi fallait-il qu'il nous remercie ? Et puis les voisins disent que Mrs. Johnson, sa femme, a quitté la maison avec deux valises, et qu'en montant dans le taxi, elle a traité son mari de porc. Il est resté là, sous le porche, à la regarder avec son air ahuri pendant que le chauffeur chargeait les bagages dans son coffre.

– *Mischineddu*[1], il est resté seul pendant presque un an avec la bonne, qui s'est contentée de faire reluire les miroirs, les vitres et l'argenterie en attendant le retour de Mrs. Johnson, alors qu'il s'en moque, lui, de ces choses-là. Tu as vu le frigo?

– J'ai vu ça. On dirait celui de *La Belle au bois dormant*: des stalactites, du fromage verdâtre, du lait tourné et du persil pourri. Et les tomates, tu les as vues, les tomates? Et la laitue marron? J'ai jeté un coup d'œil à la date de péremption du beurre, ça remonte au départ de sa femme.

– Sa femme doit être vraiment *ta gan'e cagai*[2] pour se faire appeler Mrs. Johnson. Cent pour cent sarde, et ça joue l'Américaine.

– C'est une riche Sarde, très riche, à ce que je sais.

– Tu sais toujours tout, toi, *ficchetta*[3], va! Tu as même regardé la date de péremption du beurre.

– Je ne suis pas une fouineuse. Si je m'intéresse aux histoires des autres, ce n'est pas pour médire, c'est pour comprendre.

– Tu pourrais devenir une grande détective, une avocate, une juge. Pourquoi tu t'es inscrite en lettres?»

---

1. «Le pauvre», en sarde. (*Les notes sur les termes sardes sont de l'auteur.*)

2. En sarde méridional, cette expression désigne une personne qui se hausse du col. Littéralement: «qui a envie de chier».

3. «Fouineuse», en sarde méridional.

3

Je viens ici depuis mes dix ans, depuis la catastrophe, quand papa est mort et que maman est devenue folle. J'y venais l'été, du village, en vacances avec mon oncle, ma tante et mes cousins. Mes grands-parents maternels avaient acheté cet appartement à Cagliari en se disant que la mer me ferait du bien. Ils téléphonaient tous les jours pour savoir si nous étions allés à la plage du Poetto, si j'avais couru et nagé, et ils priaient ma tante de faire bien attention à ce que je ne m'éloigne pas au large, au cas où une idée bizarre me passerait par la tête, car il ne fallait pas oublier de qui j'étais la fille. Mais moi, je savais qu'il ne pouvait rien m'arriver. C'étaient les autres, qui m'inquiétaient, j'avais peur qu'ils se noient, et quand j'appelais mes cousins, ou mon oncle et ma tante qui se baignaient, j'étais au désespoir s'ils ne me répondaient pas. J'arrivais à Cagliari le cœur battant d'émotion, personne n'y savait rien de moi. Au village, si quelqu'un ne te reconnaissait pas, il te demandait aussitôt : « *Fill'e chini sesi ?* », ce qui signifie : « De qui es-tu la fille ? », et quand je disais de qui j'étais la fille, ils prenaient une mine apitoyée. Ici à Cagliari, même mon oncle et ma tante étaient détendus et se promenaient tranquillement avec mes cousins, alors qu'au village, ils se repliaient sur eux-mêmes.

Après la catastrophe, j'aurais pu aller vivre chez mes grands-parents, mais j'étais trop importante pour ma mère : dans sa folie, elle me cherchait sans désemparer et m'attendait des heures dans l'une des vérandas ou sur l'un des balcons de la maison, d'où elle pouvait m'apercevoir dès que j'arrivais au portail. Le matin, elle me souriait comme si j'étais une bonne surprise, et commençait le rituel du café au lait, mais en voulant préparer mes tartines, elle étalait la confiture sur la nappe. De toute façon, mes grands-parents maternels n'ayant pas le cœur à voir leur fille qui ne les reconnaissait pas, et les paternels l'estimant responsable du suicide de leur fils, ils avaient tous rompu les ponts avec elle. Ils se mirent d'accord pour que la sœur de ma mère soit ma tutrice. Mariée, elle avait des enfants de mon âge, seulement elle n'était jamais très à l'aise au village et lorsqu'elle organisait une petite fête pour mes cousins, elle se débrouillait pour que je n'y sois pas, craignant d'embarrasser les invités. Sa réputation de folle, maman se l'était faite avant de devenir folle pour de bon, avant la mort de papa, quand personne d'autre qu'eux n'était au courant de l'amour de mon père pour cette étudiante. Elle se livrait à une foule de petites dingueries, comme d'essayer de se tuer en imitant des personnages de la littérature qu'elle connaissait bien, elle qui était enseignante. Elle courait donc dans la maison en se tapant la tête contre les murs comme Pierre des Vignes, l'innocent emprisonné par Frédéric II Stupor Mundi dans la *Divine Comédie*; ou bien elle allait se jeter dans les canaux d'irrigation comme Ophélie, car maman s'appelle Ofelia, après qu'Hamlet lui a lancé : «Va-t'en dans un couvent, va !»

Parfois elle sortait avec moi sous la pluie dans la rue pleine de boue, ou quand le vent retournait les parapluies. Nous revenions trempées, transies, crottées.

Elle jadis si belle était devenue laide, le regard fixe à cause des tranquillisants et des poches sous les yeux à force d'avoir pleuré. À cette époque déjà, plus personne ne venait chez nous et maman, cherchant à réagir, me pressait d'aller demander à un tel ou à tel autre de nous rendre visite, mais ils ne venaient pas. Alors nous mettions nos beaux habits et, main dans la main, nous faisions la tournée des maisons, mais personne n'était jamais là.

Quand elle était encore ma tutrice, ma tante ne m'invitait jamais, ne me laissant venir chez elle que s'il n'y avait pas d'étrangers à la famille et, même alors, il n'était pas question de parler de moi, de ma scolarité, ni de mes opinions ou de mes goûts. Nous ne parlions pas non plus de mes parents, papa ne fut plus jamais évoqué et l'on ne prononçait le nom de ma mère, Ofelia, que pour des questions pratiques relatives à la jeune fille qui s'occupait d'elle, ou aux médecins.

C'est pourquoi tout ce que je sais d'eux se résume à mes souvenirs, mais j'étais si petite.

À Cagliari, au moins pendant les vacances, je pouvais exister. Le matin, j'allais à la plage, et le soir, je lisais des recueils de comptines en les apprenant par cœur, tant j'aimais ce monde où tout était à l'envers mais où régnait la joie, où tout était si joli. Quand j'étais petite, les pigeons n'étaient pas agressifs et déplumés, nuisibles comme aujourd'hui, mais dodus et câlins. C'était un plaisir de les entendre roucouler, amoureux comme ils l'étaient, et bien sûr ils faisaient caca, mais gentiment. Il arrivait qu'un moineau malade entre dans la maison, nous le soignions puis nous le laissions s'envoler. Le soir, l'odeur du basilic flottait dans l'air et, des fenêtres ouvrant sur la cour, on apercevait déjà la lune dans le ciel, toute pâle, à côté du soleil.

Ici en ville, j'arrivais à ne pas penser à maman hurlant après papa : «J'aimerais mieux que tu sois mort!» Quand nous l'avions trouvé pendu au plafond, avec ses chaussures bien cirées, il s'était révélé que c'était faux et qu'en fait, elle le préférait vivant. Et elle était devenue folle pour de bon. Juste avant l'enterrement, elle s'inquiétait que les visiteurs venus pour les condoléances aient de quoi boire. «Avons-nous quelque chose à leur offrir?» demandait-elle. «Y a-t-il du jus de fruit au frigo?» Elle avait oublié qu'il gisait dans la pièce d'à côté, mort, et devait se dire que les gens s'étaient enfin décidés à nous fréquenter.

Mais rien ne serait plus comme avant. Tout avait changé, et les parents des autres enfants, craignant la contagion, ne voyaient pas ma compagnie d'un bon œil. Alors, toujours seule dans mon jardin, je m'étais habituée à parler le moins possible. C'est pourquoi à l'école, la maîtresse m'appelait «la petite lettre muette». J'avais l'impression que leurs parents avaient ordonné à mes camarades de me fuir. Une seule avait lié amitié avec moi, une drôlesse dont la famille était parmi les plus pauvres du village, et dont on traitait la mère d'*egua*, de putain.

Je l'invitais dans mon vénérable jardin, elle m'invitait à manger chez elle, et sa maman était peut-être une *egua* mais elle m'aimait bien, et là-bas, j'avais toujours faim alors que chez moi, ou chez ma tante, mon estomac se nouait et quand je me forçais à manger, j'étais prise de nausées. Ç'avait été une période heureuse, mais mon oncle et ma tante avaient dû décider de mettre un terme à cette mauvaise fréquentation, car je m'étais retrouvée seule à mon pupitre et dans mon jardin, avec le parfum des fleurs qui embaumait au-delà du mur et la lune qui apparaissait entre les branches des arbres, comme un fantôme blême dans le ciel encore clair, avant la nuit tombée. Un nuage en forme de lune. Je connaissais toutes les fleurs et les plantes, les mimosas qui retombaient sur le gravier des allées, les massifs de lilas, les plates-bandes de freesias et de renoncules, les rosiers, la glycine avec ses grappes violettes autour du portail d'entrée, le ricin aux fleurs rouges, la vigne, derrière la maison, dont le paysan-jardinier tirait un excellent vin. Car notre maison était en bordure du village, au bout d'un chemin de terre battue, presque à la campagne et dans une région de la Sardaigne où les collines sont douces et, au printemps, offrent d'innombrables nuances de vert.

4

Ici, dans l'appartement de Cagliari, je m'imaginais une foule de choses à propos des Johnson, qui vivaient à l'étage du dessus. Je ne les voyais jamais, puisque je ne venais que l'été quand, à ce que disaient leurs domestiques, ils partaient sur la côte, dans des endroits à la mode, pour les nantis. Je ne les voyais jamais et je les imaginais riches, très riches, c'étaient eux, forcément, les Johnson & Johnson de mon savon liquide. Les Johnson n'habitaient l'immeuble que l'hiver, parce que le climat est doux, ici à Cagliari. Aux demi-saisons, ils s'installaient à Paris où madame, avec son décolleté et son chignon banane retenu par une épingle ornée de brillants, renouvelait sa garde-robe. Ils employaient un personnel nombreux. En pyramide. Les domestiques du sommet en avaient d'autres sous leurs ordres, et ainsi de suite, jusqu'à la base.

Celles-ci, qui m'avaient prise en amitié, m'apprirent que Mr. Johnson n'était pas un industriel, mais un célèbre violoniste, et qu'il n'avait pas du tout l'air d'un riche. On aurait plutôt dit un *fuliau de sa maretta*, une épave, rejetée sur le rivage par les vagues. C'était sa femme qui était riche et se faisait appeler Mrs. Johnson bien qu'elle fût sarde à cent pour cent : parents, aïeuls, bisaïeuls, tous des Sardes. Le monde à l'envers, en somme, car entre

25

un Américain et un Sarde, disaient les domestiques, le plus riche n'est-il pas forcément l'Américain? Elles me parlaient aussi de la beauté de Mrs. Johnson, si chic, si parisienne, et qui, pour rester mince, ne mangeait rien de ce qu'elle leur faisait acheter au marché. Les provisions étaient destinées aux invités. Elle était à cheval sur les bonnes manières et, à l'heure du déjeuner, agitait sa clochette d'argent même si tout le monde était dans les parages et qu'il aurait suffi de dire à voix haute : « À table ! »

Elle se mordait les doigts d'avoir acheté ici, à la Marina, un quartier pauvre peuplé de naufragés du Pakistan, du Bangladesh, du Sénégal, du Maghreb et de Chine. Où le linge étendu vous gouttait sur la tête, où vous ne pouviez échapper aux odeurs d'ail, de friture, d'épices, de gazole et de pisse et quand enfin surgissait un parfum, c'était celui du patchouli. Un quartier où Blancs, Jaunes et Noirs criaient par les fenêtres, où les femmes prenaient le frais assises sur des bancs face à des portes en aluminium, qui laissaient entrevoir d'étroits escaliers obscurs, et où, à l'heure de la prière, des haut-parleurs diffusaient la voix du muezzin et une foule priait dans la rue, devant l'appartement qui servait de mosquée. Mais elle se vantait de sa vue sur le port.

Il existait un fils, un Johnson junior, mais les domestiques ne l'avaient jamais vu.

Elles m'appelaient des fenêtres de l'étage du dessus quand elles voyaient des bateaux arriver ou partir, parce qu'elles savaient que j'adorais cela. Quand elles travaillaient sur la terrasse, où il y avait, et où il y a toujours, un bac pour laver le linge, de ceux qu'on utilisait avant les machines à laver avec une planche en bois cannelée et un gros morceau de savon, elles me donnaient un chiffon et je le lessivais, toute courbée. Elles m'appelaient aussi quand la pendule à coucou des Johnson, qui venait vraiment de Suisse, allait sonner midi. Je m'installais devant à midi moins dix, et j'attendais que surgisse le merveilleux petit oiseau.

Mrs. Johnson était la fille d'un entrepreneur du bâtiment, *unu priogu resuscitau*[1], qui s'était enrichi en bâtissant des maisons grises, tristes et carrées, entourées de pelouses tondues à ras d'où pointaient des arbrisseaux au feuillage gris, triste et carré. Plutôt que d'habiter l'une des maisons de son père, Mrs. Johnson avait acheté l'appartement de la Marina, vendu par des héritiers qui s'en débarrassaient pour conjurer la malédiction frappant les femmes de la famille, recluses entre ces murs et condamnées à d'atroces souffrances parce qu'elles n'éprouvaient aucun sentiment. Leur nom s'éteignait avec ces deux héritiers-là et, avec la division puis la vente du bâtiment, leur histoire s'achevait enfin. Ils espéraient que ces murs verraient des histoires plus heureuses. Je me demande si les nôtres le sont.

C'est un immeuble cossu dans un quartier pauvre, composé de deux ailes en L majuscule, reliées par leur branche la plus courte, en fer à cheval. L'une des branches longue donne sur le port, l'autre sur le quartier de la Marina et la plus courte sur une petite place. À l'intérieur, il y a une cour, d'où part un escalier à rambarde de pierre qui ne mène qu'à l'étage noble, celui des Johnson, masquant les fenêtres de l'appartement où vivaient jadis les domestiques, que louent à présent Anna et Natasha. Les Johnson ont acheté l'étage entier et ont

---

1. «Un pou ressuscité», dit-on des anciens pauvres devenus riches et arrogants.

vue sur la cour, sur le quartier et sur la mer. L'ancien logement des domestiques leur appartient également. Seuls les Johnson peuvent entrer chez eux aussi bien par l'entrée principale que par la cour, seules Anna et Natasha n'ont accès qu'à l'entrée de service. Comme tous les autres, je passe par l'entrée principale, celle qui donne sur la rue. J'habite le L qui ne voit pas la mer. Un long couloir sépare les pièces de droite, ouvrant sur la rue, de celles de gauche, qui donnent sur la cour. Le salon d'Anna, qu'elle appelle *s'aposentu bonu*, je le vois de ma cuisine et de ma salle de bains, ma pièce préférée avec du carrelage noir et blanc et une baignoire-sabot, deux vieilles tables de chevet, deux miroirs, des étagères faites maison pour les flacons de shampoing, le sèche-cheveux, les serviettes et autres objets de ce genre, un coffre pour les produits ménagers et les chiffons. Les pièces de droite, sur la rue, sont meublées dans un style désuet, années cinquante, l'époque où maman et ma tante étaient petites. La chambre à coucher, toute en bois verni, avec une immense armoire à glace ; un buffet à deux corps dans la salle à manger, et un salon en peluche rouge. Aux murs sont accrochées des photographies de maman et de ma tante enfants, avec celles de mon oncle, de mes cousins et les miennes, tous enfants également. Quelqu'un qui ne saurait rien de notre famille ne comprendrait pas, en les regardant, qui est grand et qui est petit, ni qui est l'enfant de qui, et pourrait ajuster le temps à sa guise.

« Ne traîne pas tout le temps avec les bonnes des Johnson, me reprochait ma tante, à force d'entendre parler sarde, à la fin de l'été, tu ne sauras plus l'italien. Et arrête de poser des questions. Pourquoi poses-tu toutes ces questions sur les affaires des autres ? »

Parce que je croyais qu'ainsi j'arriverais à comprendre les choses qui m'étaient incompréhensibles, surtout après que papa s'était tué et que maman était devenue folle, en rassemblant les faits, les faits purs et simples. Mais les faits purs et simples existent-ils seulement?

5

Après m'être inscrite à l'université, je suis venue vivre ici, où, enfant, je passais mes vacances.

De la salle de bains ou de la cuisine, j'entends les pas du monsieur du dessus qui descend l'escalier avec ses souliers délacés.

Bien qu'il ait peu d'argent à lui offrir, Anna va quand même s'occuper de sa maison, quand elle a fini de faire le ménage chez les autres, vers six heures du soir. Elle ne trime pas moins qu'avant et ne gagne pas beaucoup plus. Cuisiner, cuisiner chez elle le dîner et le déjeuner du lendemain, pour Natasha et elle, cuisiner pour Mr. Johnson qui est végétarien, pour moi aussi quand j'ai de la chance et, quand ils ont de la chance également, pour les pauvres Blancs, Jaunes ou Noirs du quartier. J'aime le parfum du basilic, l'odeur des omelettes et des bouillons de légumes, celle du pot-au-feu ou des gâteaux pour le petit déjeuner. Anna descend de l'étage du dessus vers neuf heures du soir, Natasha et elle dînent et, s'il y a encore de la lumière dans ma cuisine, Anna se met à la fenêtre et me demande : « *Unu zicchedd'e suppa ? Pasta cun bagna ? Culingionis*[1] *?* »

---

1. « Un peu de soupe ? Pâtes à la sauce tomate ? Raviolis de pomme de terre ? »

Je dis toujours oui, même si j'ai déjà dîné : j'ai toujours faim, chez elles.

Elles se chamaillent sans cesse à propos du monsieur du dessus.

« Le violon. Ah ! Le violon ! commence Anna. Vous en entendez seulement quelques notes, à cause du bruit, mais en haut ! Ah ! En haut ! Vous n'allez pas me croire : je n'ai même pas l'impression de travailler. L'âme s'envole, grâce à la musique.

— L'âme s'envole ! la singe Natasha.

— Il joue sur des bateaux de croisière ! C'est sûrement un as ! Il va partir pour les Caraïbes !

— Si à son âge, il joue encore sur des bateaux de croisière et s'il roule dans cette poubelle qui lui sert de voiture, c'est tout sauf un as. Il est bizarre, c'est tout, un clodo débraillé, et en plus, il pue, la contre Natasha.

— C'est vrai qu'il ne sent pas très bon. Mais pas mauvais non plus. C'est parce qu'il prend une douche le matin, mais qu'ensuite il transpire, en gardant ses chaussures tout le temps, et qu'il attend le lendemain pour se laver une nouvelle fois des pieds à la tête.

— Personne ne vient jamais le voir.

— Bien sûr ! Des personnes comme lui, aussi bonnes que lui, où veux-tu qu'il les trouve ? Et ces yeux qu'il a ! Ce n'est pas qu'ils me plaisent, mais toute cette joie qui pétille dans les yeux du monsieur du dessus ! C'est comme s'ils t'appelaient. Et moi, j'ai envie de l'aider, parce qu'à part le violon, il n'est capable de rien faire, même pas de trouver le compteur électrique qui est juste là, dans l'entrée, ou celui de l'eau, avec sa manette bien en vue dans sa salle de bains personnelle. Il ne sait pas faire sa valise. Cela dit, en y réfléchissant, je ne saurais pas non plus.

– Mais tu n'as jamais voyagé alors que lui, il court sans cesse le monde.»

La première chose qu'Anna a faite pour Mr. Johnson, qui en guise de prénom a un nom de famille, Levi, a été de lui préparer à manger, car il se nourrit comme un enfant de barres chocolatées achetées dans les distributeurs, ou bien de chips, de pop-corn, de cacahuètes. Il rajoute du sucre dans son lait et étale sur n'importe quoi des sauces américaines de toutes les couleurs.

La deuxième a été de retaper ses vêtements, dont toutes les poches étaient trouées et dont les ourlets pendouillaient. Un jour où il sortait vêtu de neuf, elle s'est jetée sur le téléphone pour me dire: «Cours à ta fenêtre, *chi su meri e' bessendi tottu allicchiriu*[1]!»

J'ai couru jusqu'à la cuisine et je l'ai vu, habillé correctement pour une fois. Il est encore mieux que tous ces beaux vieillards célèbres, genre Sean Connery, Clint Eastwood ou Paul Newman, bien sec, malgré toutes les cochonneries qu'il avale.

Ses yeux sont bleus, parfois verts, ça dépend de la lumière, et, en dépit de ses extravagances, on comprend qu'il n'est pas fou, et qu'il ne le deviendra jamais. C'est un homme fort, simple, d'une bonté au-dessus de tout et qui s'applique au monde dans sa totalité. Il ne sera jamais vraiment vieux non plus, c'est clair, car ses rides, il en a, naturellement, ne lui donnent pas du tout l'air renfrogné typique de la vieillesse. Et son expression ahurie n'est pas celle d'un sot, mais d'une personne simple, une simplicité ultime, aboutissement sans doute de processus très complexes.

Natasha gronde sa mère: «Pourquoi tu acceptes ce salaire de misère, avec tout le boulot que tu abats?» Et

---

1. «Le patron s'est mis sur son trente-et-un!»

elle s'inquiète de ce mot que lui ont rapporté les voisins : « Porc. »

Anna hausse les épaules : « Tout ce drame pour quelques revues pornographiques.

— Il lit des revues porno à son âge ? Alors c'est un vieux pervers, ne reste pas seule avec lui. Dès qu'il rentre, tu descends immédiatement ! s'alarme sa fille.

— Pour commencer, à soixante-dix ans, on n'est pas vieux, proteste sa mère, et ces revues pornographiques n'ont rien de terrible, seulement des dames qui s'exhibent, assez vilaines mais avec de jolis corps. »

Un jour qu'Anna était partie faire le ménage ailleurs et que Mr. Johnson voguait dans les Caraïbes, je suis montée à l'étage du dessus sous prétexte d'arroser les fleurs. J'avais deviné où étaient cachées les revues et je les ai trouvées tout de suite, à l'intérieur d'un étui à violon, dans sa chambre de trappiste.

Anna a dû tomber dessus à cause de sa manie de tout briquer à fond : à tous les coups, elle est allée chez un luthier demander comment on astique un violon.

Ces revues racontent des histoires qui seraient tristes si elles étaient vraies. C'est pour une histoire de ce genre que maman est devenue folle et que papa s'est tué.

Dans l'une d'elles, un homme est marié à une femme carriériste, toujours absente, accaparée par son travail. Pour aider le couple, la belle-mère se met à passer du temps chez sa fille, repassant, nettoyant et cuisinant pour son gendre. C'est un beau morceau de femme, plus toute jeune mais bien ferme et avec de super nichons, et toute dépoitraillée dans ses vêtements élimés de ménagère. Un jour que le gendre se repose sur le canapé, sa belle-mère lui apporte une tasse de thé et comme elle se penche vers lui, il a le nez entre ces nichons qui ressusciteraient un mort. Et mort, il l'est, puisqu'il ne fait plus l'amour avec sa femme, trop occupée à travailler. Alors évidemment, il perd le contrôle.

Il y a aussi l'histoire du vieillard richissime marié à une jeune femme super bonne et super décolletée. Ce vieil homme très riche a coutume d'inviter ses clients à des dîners fastueux composés des mets les plus coûteux. Son épouse se présente à table avec une robe d'étoffe légère, si moulante qu'on devine qu'elle est nue dessous. Les convives n'écoutent absolument pas ce que dit l'industriel et n'ont d'yeux que pour les plantureuses rondeurs de sa femme, tous finissent par signer sans les lire des contrats outrageusement avantageux pour le mari.

Depuis la catastrophe, j'ai une sorte d'aimant dans la tête qui attire et retient toutes les recettes permettant de devenir une machine de guerre sexuelle. J'ai décidé que quand j'aurai rencontré l'amour, il ne m'abandonnera jamais pour une autre parce qu'elle est meilleure que moi au lit.

La gamine dont mon père est tombé amoureux prenait des cours de rattrapage avec ma mère, qui recevait quelques élèves, après l'école. Il n'avait rien caché à ma mère, il était comme ça. Une fois, de derrière une porte, j'avais vu maman le prier à genoux de lui dire ce que cette gamine avait de plus qu'elle. Sa jeunesse, seulement, ou y avait-il autre chose? Papa tentait de la relever, sans répondre, mais au bout d'un moment, il avait lâché: «Ofelia, pardonne-moi, c'est tout simplement une machine de guerre sexuelle, ça passera, tu verras, ça passe vite, ce genre de choses.»

Anna aime travailler à l'étage du dessus, elle se moque bien du salaire injuste et misérable et des revues pornographiques. On dirait que pour elle, seul compte le dressing-room.

Avant que Mr. Johnson ne parte pour les Caraïbes, Anna lui avait écrit ses coordonnées bancaires sur une feuille, mais le mandat n'arrivait pas et un jour, je l'ai trouvée en pleurs. Je l'ai embrassée en lui disant qu'elle toucherait son salaire au retour de Mr. Johnson, car qui pouvait savoir où il avait fourré ce papier, celui-là? Alors elle a pouffé, et en retenant son rire, elle m'a dit qu'elle ne permettrait à personne de se moquer du monsieur du dessus, et surtout, elle m'a priée de ne pas en parler à Natasha.

Mais celle-ci, qui veille toujours sur sa mère, a compris à cause d'une foule de détails que le salaire n'arrivait pas. Elle l'a forcée à avouer, s'est renseignée sur la compagnie maritime qui employait Mr. Johnson et lui a téléphoné jusque sur son bateau en lui demandant où en était ce mandat.

« *I'm desolate.* Je n'ai jamais envoyé de mandat.

— Faites donc un transfert d'argent via Western Union.

— Western Union?

— Vous apportez l'argent dans une banque avec le panneau Western Union, il y a bien des banques, où vous êtes, à Miami. On vous donnera un code, vous me l'enverrez, mon portable est toujours allumé, et je le donnerai à maman, qui ira retirer l'argent au Banco di Sardegna.

— Miss Natasha, je vous prie de m'excuser, mais je garde mon argent dans ma valise. Je vous promets qu'à mon retour, je donnerai à votre mère le double de ce que je lui dois, en liquide.

— Dans une valise? Vous n'y pensez pas Mr. Johnson? Personne ne garde autant d'argent dans une valise, on pourrait vous le voler.

— J'ai toujours fait comme ça. Personne ne vole, sur ce bateau. Il n'y a que des gens honnêtes. »

De retour des Caraïbes, Mr. Johnson a frappé à la porte de la dame du dessous, il l'a regardée avec tendresse et bonté, selon son habitude, et il lui a décrit ces îles, qui ne sont pas plus belles que la Sardaigne, tant s'en faut.

Puis il a posé sur la table l'argent qu'il lui devait, une petite liasse de dollars, son salaire, plus une autre petite liasse, pour le doubler, comme promis.

Anna ne voulait pas entendre parler d'un double salaire, et l'a forcé à reprendre la liasse supplémentaire, après d'exaspérantes tractations. Mais le lendemain, elle l'a retrouvée dans un sac en plastique accroché à la poignée de la porte-fenêtre.

« Et si on l'avait volée ?

– Mais non. Personne ne vole, ici. Il n'y a que des gens honnêtes », a répondu Mr. Johnson, imperturbable.

Anna m'a raconté tout ça avec de petits sourires mystérieux et le regard fuyant. Elle m'a dit que le monsieur du dessus s'était aperçu qu'en son absence, elle dormait chez lui. Et qu'il lui avait proposé de continuer, maintenant qu'il était rentré.

Bien qu'il ne fasse plus très froid, Mr. Johnson porte une lourde parka rapportée d'une croisière au cercle polaire arctique. Anna explique que c'est parce qu'il ne sait pas où mettre ses clefs, son argent et le reste, et que cette parka est pleine de poches.

Et puis, on dirait que ses habits appellent les taches, comme ses semelles attirent les crottes. On a envie de lui dire : « Faites attention où vous mettez les pieds ! Attachez vos lacets ! Et cessez de vous appuyer n'importe où, vous ramassez toujours quelque chose ! » Ou bien : « Mais regardez-moi ce pantalon ! Vous ne voyez pas que l'ourlet est tout sale à force de marcher dessus ? »

Un matin de bonne heure, il est apparu dans la chambre d'Anna et lui a demandé ce qu'elle voulait pour le petit déjeuner. « Un thé », a-t-elle répondu. Et il lui a apporté une tasse dans laquelle flottaient le sachet et de petits morceaux de papier avec la marque écrite dessus. En plus de ça, Mr. Johnson avait de fausses pantoufles. En marchant, il laissait derrière lui une traînée de miettes de carton, ou quelque chose de ce genre, qu'Anna devait ensuite ramasser. Alors elle est allée examiner ces pantoufles et elle a constaté qu'elles étaient dépourvues de semelles : un genre de guêtres…

Mr. Johnson a d'autres extravagances, par exemple, il se noue une serviette autour du cou en s'asseyant à table, mais dès qu'il commence à manger, il l'ôte. Anna raconte ces petites choses comme autant de prouesses, parce qu'il est un musicien de génie et que les génies agissent différemment du commun des mortels. Bref, elle est en plein conte de fées, ce qui désespère Natasha, surtout parce qu'elle sait que sa mère n'attend pas benoîtement que surviennent les miracles, mais les encourage de sa baguette magique personnelle, et se met dans le pétrin.

Beau, Mr. Johnson est beau. Sec, la peau si bien tendue sur les muscles que de loin, on lui donne vingt ans de moins. Malgré ses lacets défaits et ses vestes en loques, il n'a pas un physique ordinaire. Anna, en revanche, si, à cause de ses jambes, gonflées par la maladie. En descente, l'écho de ses pas résonne vaillamment, mais qu'elle gravisse une volée de marches et elle s'effondre dans le premier fauteuil à sa portée, répandant autour d'elle les sacs de ses commissions.

Belle ou non, vieille ou pas, elle a tout de même dépensé une fortune en lingerie dans un sex-shop de Cagliari. Je l'ai découvert un jour qu'elle m'a demandé au téléphone de chercher quelque chose pour elle dans un tiroir : elle était en plein repassage chez Mr. Johnson, et n'avait pas le courage de descendre les escaliers. Je me suis trompée de tiroir, et j'ai trouvé une tunique en résille avec des mailles de sept ou huit centimètres de large, un ensemble rose et noir, un soutien-gorge carioca qui laisse les nénés découverts, des culottes fendues pour permettre la pénétration et des pinces à tétons avec des pendentifs de brillants, de cœurs en acier et de dés, un string en petites perles multicolores, un body presque sans culotte avec deux bandes étroites à nouer à l'américaine, des petits caracos de dentelle ultra courts couvrant à peine le nombril. Que des articles de la marque Cottelli Collection encore dans leurs emballages et donc flambant neuf, et chers en plus, j'ai vu les prix sur les étiquettes, soixante-dix euros la tunique, cinquante le string en perles. Mr. Johnson demande donc du sexe à Anna. Pourquoi aurait-elle acheté cette lingerie, sinon, et pourquoi dit-elle qu'elle ferait n'importe quoi pour habiter à l'étage du dessus, même se déshabiller et marcher nue à quatre pattes?

Après ses achats de lingerie érotique, il a fallu qu'elle se restreigne dans les autres secteurs. Dans le secteur alimentaire, par exemple, elle fait de bien maigres emplettes. Mais peut-être qu'il n'y a que Natasha et moi pour le penser, car elle a l'air toute fière de ses achats. «Ah, mes emplettes!» dit-elle.

Des pâtes, des tomates pelées, du pain, du sucre, du café et du thé. Plus de pot-au-feu. Au frigo, des laitages et des légumes, rien d'autre. Je me demande si elle ne devient pas elle aussi végétarienne, comme Mr. Johnson.

Il lui a expliqué tout le mal que nous faisons aux animaux, persuadés que nous sommes qu'ils ne ressentent pas la douleur, qu'ils ne comprennent rien. Ils en ressentent, pourtant, ils comprennent, comme nous. Il a passé son enfance en Oklahoma, parmi les taureaux, les vaches, les veaux, les chevaux et les chiens. Les clôtures en fil barbelé étaient électrifiées pour ne pas que le bétail s'échappe du ranch, mais quand une bête prenait une décharge, les autres ne s'approchaient plus de la clôture, n'est-ce pas la preuve qu'elles communiquent entre elles ? Une fois, lui a juré Mr. Johnson, il avait vu un veau pleurer en montant dans le fourgon qui partait pour l'abattoir. Attentive à la transformation d'Anna, Natasha a remarqué qu'au début, sa mère n'achetait des légumes que pour l'étage du dessus, et de la viande pour celui du dessous, puis elle a décidé de ne manger que les animaux qui, selon elle, ne pensent pas, comme les poules qui ont, tout le monde le sait, une cervelle d'oiseau ou les oies, qui ne sont, tout le monde le sait, que des oies. Mais jour après jour, à l'étage du dessous aussi, on a servi de plus en plus d'omelettes, de soupes, de gratins. Pour la mettre au pied du mur et la faire avouer, Natasha a dit à sa mère : «Maman, quand est-ce que tu fais de la viande ? Tu n'en achètes plus, de la viande ?

— Le mari d'une de mes amies est marchand ambulant de fruits et légumes, elle m'en donne en quantité, j'ôte les parties gâtées et je garde les bonnes, comme ça on économise, tu n'aimes donc pas les nouveaux plats que je prépare ? C'est de la grande cuisine ! Langouste à la nage avec purée de pommes de terre au coulis d'abricots et à l'huile pimentée, sans langouste ! Pavé de saumon grillé aux pommes, choux et navets, sans saumon ! Purée de fèves avec légumes des champs et muscardins pochés, sans muscardins ! Civet de lièvre aux poires, sans lièvre !

— Tu te moques de moi ?

— Je ne me moque de personne. Regarde Mr. Johnson, il raffole de mes légumes ! »

6

Personne n'a jamais vu le fils Johnson. Sur les photos, il est toujours enfant. Anna ne pose pas de question de peur qu'il y ait là-dessous une vilaine histoire. Pourquoi cet enfant n'a-t-il pas grandi ? Pourquoi est-il toujours photographié en compagnie de personnes différentes, de bandes de gamins qui le bousculent joyeusement et n'ont rien à voir avec Mr. et Mrs. Johnson ?

Ici, à la Marina, on sait que Johnson junior est en vie et qu'il habite New York, ou peut-être Paris, ou encore Milan, mais dans les boutiques où Mr. Johnson fait ses courses, on n'a pas compris grand-chose aux réponses qu'il donne quand on lui pose des questions sur son fils.

Aussi, un jour que j'étais montée prendre soin des fleurs et que Mr. Johnson était là, j'ai désigné une des photos et je lui ai demandé : « C'est votre fils ?

– Non, c'est mon petit-fils ! m'a-t-il répondu avec un beau sourire, en saisissant le cadre et en me le tendant, pour que je puisse voir la photo de plus près.

– Américain, lui aussi ?

– Oui. Mais il vit à Milan, en ce moment, avec mon fils.

– Et la maman ?

– Je ne la connais pas.

– Américaine également ?

– Elle vit en Amérique. Je ne sais pas si elle est américaine.

– Ils ne viennent jamais à Cagliari?

– Maintenant que ma femme est partie pour de bon, ils vont venir habiter ici chez moi.

– Votre femme et votre fils ne s'entendaient pas?

– Mon fils s'entend avec tout le monde.

– Et quel métier fait-il?

– Il a enseigné l'italien à New York, puis l'anglais à Paris, et le français à Milan, il enseignera ici, maintenant.

– L'anglais? Le français?

– Je ne le lui ai pas demandé.

– Il est doué pour les langues?

– À force de voyager!»

Pour ne pas me montrer trop indiscrète, j'ai cessé de l'interroger, d'ailleurs Mr. Johnson prenait mes questions au pied de la lettre et ne me donnait que des réponses lapidaires.

Natasha se tourmente: «Il va y avoir deux fois plus de boulot, et ma mère le fera gratis. Et puis, elle risque de tomber amoureuse, tu comprends? Elle prend le premier péquin venu pour le prince charmant, celui qui l'emmènera, ou plutôt qui nous emmènera, parce qu'elle m'inclut aussi dans le conte de fées, loin d'ici, dans une maison pleine de lumière. Et en fin de compte, c'est toujours elle qui raque. À un moment donné, elle finit par faire les courses pour ses amants, par leur acheter leurs slips et leurs chaussettes. Les pires, ç'a été les artistes, il y a eu le peintre, puis le cuisinier. Elle lui achetait tout, au peintre: couleurs, pinceaux, toiles. Il barbouillait des croûtes atroces, mais ma mère était dingue de lui. Des pauvres gars, tous les deux, mais leurs maisons étaient mieux que la nôtre, et elle rêvait de s'y installer avec moi.

Le cuisinier avait la sienne derrière son restaurant, flanquée d'un jardinet, pas plus grand qu'un timbre-poste avec un citronnier minable ; celle du peintre avait une petite terrasse.

– Et ça s'est terminé comment ?

– Avec le peintre, un jour qu'elle lavait un de ses caleçons, elle s'est aperçue qu'il était taché de rouge à lèvres, et maman s'attife peut-être comme un clown, mais elle ne met jamais de rouge à lèvres. Il n'a pas nié. Il n'a même pas essayé de prétendre qu'il s'agissait d'une tache de peinture. Pauvre maman, ils l'utilisent, et puis ils la jettent. À commencer par mon père. Et elle, elle n'en veut jamais à personne, elle leur trouve des excuses et elle s'inflige les nouvelles petites amies de ses ex. Elle a toujours offert des cadeaux à l'autre fille de mon père, ma demi-sœur, pour son anniversaire et à Noël, parce que : *"Mischinedda, no tenni cupa de nudda sa pippia*[1]."

– Et avec le cuisinier ? Pourquoi dis-tu que c'était un artiste, lui aussi ?

– Parce qu'il ne se contentait pas d'exécuter, il inventait des recettes, très bizarres et très bonnes. Je le sais, parce que maman rapportait toujours les restes à la maison. Mais une fois, j'ai voulu lui faire une surprise et je suis allée au restaurant. Elle n'y était pas. Je l'ai vue arriver de loin, tout essoufflée, qui traînait ses pauvres pieds, elle portait des sacs énormes pleins de courses. J'ai presque crié, en lui prenant ses sacs : "Tu m'avais dit que tu faisais le service ! – Seulement aujourd'hui, ma fille ! Il ne me demanderait jamais de porter des choses aussi lourdes, il est au courant, pour mon cœur ! Seulement aujourd'hui, parce que son commis n'est pas venu !"

---

1. « Pauvre petite, ce n'est pas sa faute, à cette enfant. »

Mais moi, pas dupe, je me suis embusquée plus d'une fois et j'ai constaté qu'il n'y en avait pas, de commis, et que la bête de somme, c'était ma mère. Alors pour lui faire comprendre que je le savais, un soir j'ai balancé par terre l'assiette avec les restes. Et puis je lui ai demandé : "Pourquoi il ne les porte pas lui-même, ses courses ? – Parce qu'il doit réfléchir à de nouvelles recettes. La renommée du restaurant, ce sont les nouveaux plats ! Ah, quels plats ! Quels plats il invente !" Elle le défendait, ce criminel.

– Et puis tu l'as convaincue ?

– Penses-tu ! Elle a continué à trimer, et lui, il est tombé amoureux d'une serveuse, jeune et mignonne. Je voyais maman toujours triste, elle qui est si gaie. Alors, avec mon copain, on est allés dîner là-bas, pour voir, et on est restés jusqu'à la fermeture. L'artiste-cuisinier s'était attablé avec la serveuse, il la baratinait, il lui versait du vin. Maman, avec sa coiffe enfoncée jusqu'aux yeux, emportait les assiettes et les lavait en cuisine. Pour ne pas la faire mourir de honte, on a pris congé et on est sortis, mais on l'a attendue dehors, espérant s'être trompés, espérant la voir sortir avec lui. Mais non. Elle était toute seule, dans la nuit. Je lui ai dit : "Si tu retournes bosser pour ce malhonnête, je quitte la maison." Et elle qui était toute triste est redevenue gaie, elle nous a pris bras dessus bras dessous, mon copain et moi, et le lendemain elle s'est remise à faire des ménages, comme si de rien n'était.

– Tu penses que ta mère, en plus d'être amoureuse de la lumière, du dressing-room et des murs tendus de soie pourpre, pourrait aussi tomber amoureuse de Mr. Johnson ?

– Ça se pourrait. Il est riche, le monsieur du dessus, un vrai richard, même. Et puis c'est un artiste, un vrai.

Tu sais qu'elle lui fait ses courses, à lui aussi, avec son propre argent, avec le nôtre, je veux dire ? Pourvu que cette histoire de "porc" ne veuille rien dire et qu'elle ne fasse que la bonne, gratuitement. Il suffit d'un rien pour que maman s'entiche, un sourire, une attention, un jardinet rachitique ou une pièce en plus. Alors un étage entier, tu vois le tableau. Pour le reste, elle se débrouille toute seule, avec son imagination, et quand les histoires se terminent ou, plutôt, quand les hommes la quittent, au bout d'un moment, elle n'y pense plus et se jette la tête la première dans un autre amour, c'est-à-dire dans un autre pétrin. Ce sera la même chose avec le monsieur du dessus. Ma mère n'a rien appris. J'ai lu quelque part, je ne sais plus où, qu'au XIXe siècle, il y avait sur une île au milieu de l'océan une usine d'huile de pingouins. Les bêtes étaient battues à mort puis jetées à bouillir dans un chaudron brûlant. Il paraît que chaque fois, les pingouins accueillaient leurs bourreaux en se laissant caresser. Ces imbéciles n'ont jamais rien appris des plaintes de leurs compagnons roués de coups, tu le crois, ça ? Pareil pour ma mère. Mr. Johnson sera son prochain bourreau, et elle l'accueille en se laissant caresser. Tu as remarqué qu'elle l'appelle par son prénom, maintenant ? Levi ? Levi par-ci, Levi par-là. Tu as vu comme elle se pomponne pour faire le ménage ? On dirait qu'elle va au bal. Et ces poses de reine, quand elle trône dans la poubelle qui lui sert de voiture ? Elle est aux anges, ma pauvre maman, comme les pingouins avant qu'on les jette à bouillir dans le chaudron brûlant.

— Il n'y a rien de mal à rêver, non ? De toute façon, les bourreaux de ces pingouins les auraient battus à mort et mis à bouillir, même s'ils s'étaient résolus à les accueillir froidement. Tu déprécies ta mère.

– Je l'apprécie beaucoup, au contraire. Mais j'ai envie d'une vie normale moi. J'aurais tellement voulu une famille comme les autres! Ce que je préfère avec maman, c'est quand on va ensemble chercher de la bonne huile et des œufs dans un village pas loin d'ici, ou quand on chante pendant le grand ménage de printemps. Mais ses rêves, tu veux savoir l'effet qu'ils me font? Ils me font peur.»

Pendant que Natasha me parle, je pense que quand j'irai voir ma mère, au village, je leur rapporterai des fleurs de notre jardin, un gros bouquet pour elles deux, malgré le retour en car.

La première fois que je l'ai fait, Anna et moi ne nous étions encore jamais parlé, j'avais sonné à sa porte en rougissant de honte, et j'avais tendu en vitesse un bouquet de narcisses, les plus belles des fleurs hivernales, à celle qui n'était encore pour moi que la dame du dessous.

«Bonjour, je suis votre voisine de l'autre côté de la cour, j'ai vu que vous aviez fait le ménage à fond. Au village, j'ai un jardin rempli de fleurs et personne n'en profite, parce que moi j'étudie ici et que maman n'a plus toute sa tête.»

Elle m'avait fait entrer et m'avait préparé un chocolat chaud avec sa machine à expresso, puis, au salon, elle avait disposé les fleurs dans un grand vase en cristal.

«Je les mets ici. C'est beau, non? C'est du cristal de Bohême!» m'avait-elle dit toute fière.

Dès lors, je suis devenue sa *fill'e anima*, c'est-à-dire sa fille de cœur, mais ici à la Marina, il suffit d'un peu de familiarité et les femmes te déclarent aussitôt *fill'e anima*: avant de devenir amie avec Anna, je trouvais déjà devant ma porte des assiettes de couscous, de falafel, de kefta, de tajine. Et quand elles me croisaient, me voyant si jeune et si seule, les femmes disaient de moi *«mischinedda»*, dans leur langue, et me demandaient: «Ça va, ma fille?», et moi: «Bien, et toi?», «*Mash'Allah*», qui signifie: «Comme Dieu le veut.» Anna m'enseigne ce que ma mère et ma tante auraient dû m'enseigner.

À force de faire le ménage, Anna voit la crasse partout et quand elle vient à la maison, elle me fait remarquer que personne ne m'a rien appris, et que ça la hérisse, ce bazar que je laisse. «*Deu, scetti chi ti biu…*», ce qui signifie: «Moi, quand je vois ça…» Le ménage que je fais, elle appelle ça le ménage sale, et ça consiste par exemple à laver le sol de toute la maison avec la même eau, ou à balayer les moutons et les cheveux de-ci de-là sans les ramasser, ou à dépoussiérer autour des objets sans les soulever. Elle m'enseigne les bonnes habitudes, comme de ne pas aller me coucher sans avoir fait la vaisselle et lavé le sol de la cuisine, posé la cafetière prête sur le fourneau et sorti la brique de lait, car je dois trouver au réveil une atmosphère accueillante afin d'être fraîche et reposée pour l'université, et non pas déjà fatiguée par les tâches ménagères. Ensuite, une fois bu mon café au lait, je dois mettre ma tasse et ma petite cuillère dans l'évier avec de l'eau, sans quoi, quand je rentre épuisée des cours, je retrouve la petite cuillère collée au fond de la tasse et la tasse collée à la table, ce qui laisse une tache circulaire difficile à éliminer.

Maintenant que j'ai appris, je pense qu'elle a raison et j'adore m'asseoir devant mon café au lait sans avoir à pousser les assiettes sales tout autour et rentrer de l'université sans trouver cette tristesse pégueuse.

Et à présent, je vois moi aussi la saleté là où je ne la remarquais pas, dans les plis des joints du réfrigérateur, autour des boutons de la cuisinière à gaz, sur les caches des interrupteurs, le combiné du téléphone, les poignées de portes et les plaques des interphones, et même quand cette saleté ne me concerne pas, j'ai aussitôt envie de prendre un chiffon et de la nettoyer.

Anna souffre d'une coronaropathie tritronculaire, elle devrait s'arrêter, se soigner, au lieu de quoi elle se colle une pastille sous la langue et elle continue à faire des ménages. Elle en fait beaucoup, et toujours à fond. Pas comme chez Mr. Johnson, où elle passe tous les jours et où ce qu'elle ne nettoie pas aujourd'hui, elle le nettoie le lendemain.

C'est elle la plus matinale de l'immeuble, j'entends le bruit de ses pas vers la grande porte juste après l'aube, et à leur rythme énergique, on ne soupçonnerait jamais qu'elle est malade, et depuis si longtemps. Le soir, elle rentre du travail, et j'entends ses pas plus lourds, quand elle monte les escaliers. Je ne sais pas si elle est belle. Elle a de grands yeux, noirs et brillants, une masse de cheveux également noirs et frisés, qui n'ont pas blanchi avec l'âge, et de gros seins encore fermes, de ceux qui rendent les hommes fous, à mon avis. Mais tout de même, malgré ses jambes gonflées et son poids, Anna est gracieuse et légère, parce qu'elle sourit à la vie, un sourire toujours doux et confiant. Elle n'est jamais en colère et quand on lui fait du tort, elle pardonne et n'y pense plus. Quand Natasha se met à énumérer les injustices que sa grand-mère, sa mère et elle ont subi, Anna l'écoute en opinant du chef, mais rapidement, elle s'ennuie et cherche à contenir ses bâillements, pour ne pas vexer sa fille, puis elle finit par piquer du nez et s'endort, assise sur sa chaise. Elle est si fière de son salon qu'elle semble aveugle à l'aspect misérable de l'appartement qu'elle habite, comme à l'aspect misérable de sa vie, toujours au service des autres. Elle voit autre chose. Elle m'appelle à l'étage du dessus pour que j'admire l'effet que font les couvertures d'un lit défait sur le fond bleu d'une fenêtre ouvrant sur la mer. Elle éprouve une joie frénétique à l'arrivée du printemps, ou lorsque des bateaux de croisière entrent au port à l'aube, encore tout illuminés. «Toutes ces loupiotes! Ah, les loupiotes! Ah, voyager sans quitter sa maison!» Elle s'enchante.

Certes, elle pourrait soigner davantage son allure. L'hiver, on dirait une réfugiée, avec son manteau aux ourlets élimés et passés, son foulard de lainage à cause de sa névralgie trigéminale et ses souliers éculés parce qu'en gonflant, les pieds prennent une pointure et qu'on ne peut pas acheter plein de chaussures de pointures variées. Mais elle aimerait être plus élégante, et elle s'y emploie en se taillant des robes dans des rideaux ou de vieilles nappes. Avant, elle suivait les règles des pauvres gens: on se fait beau le dimanche, collants fins, tailleur, foulard de soie et chaussures qui font mal. Les jours chômés, on porte les vêtements usés et défraîchis et les souliers les plus déformés. Dorénavant les règles sont cul par-dessus tête, les jours de congé elle travaille à l'étage du dessus en habits du dimanche, les jours de fête elle s'habille en réfugiée.

«L'étage du dessus, tout de même! Ah, l'étage du dessus!» dit-elle, enthousiaste. Il lui suffit d'entendre les carreaux des fenêtres vibrer à cause des sirènes des bateaux, et de s'émerveiller des jeux de lumière sur la grande porte vitrée et dans les miroirs.

D'ailleurs, elle a raison, moi aussi j'ai toujours trouvé l'appartement des Johnson irrésistible. C'est le plus grand de l'immeuble, avec cinq mètres de hauteur sous plafond, des murs tendus de soie pourpre, des fenêtres à quatre carreaux surmontées de vitraux en demi-cercle avec un châssis à rayons, des canapés recouverts de brocart, et des miroirs, innombrables, qui reflètent, répètent et multiplient les lumières du port.

Anna aime particulièrement la cuisine. « La cuisine ! Ah, la cuisine de l'étage du dessus ! » Des louches, de grandes fourchettes, des planches à découper et des casseroles de toutes les dimensions accrochées aux murs. Plaques de cuisson encastrées et four en hauteur : il y a là toutes les découvertes de la science culinaire moderne, car Mrs. Johnson, ses bonnes me le racontaient quand j'étais petite, rapportait les recettes des mets les plus raffinés du monde entier, et surtout de Paris.

Ma tante avait tort quand elle disait que je ne parlais que le sarde avec les domestiques des Johnson. Le sarde, oui, mais aussi le français et l'anglais, en tout cas pour ce qui était de la nourriture, en effet, la dame du dessus expédiait chez elle des recettes afin que ses employées s'exercent avant son arrivée et celle des nombreux invités qu'elle recevait. Mais pour son mari, *mischineddu,* elle ne cuisinait jamais rien de bon et, au prétexte qu'il était végétarien, elle coupait deux ou trois tomates l'été et, l'hiver, faisait bouillir quelques patates ou réchauffer une soupe toute prête.

Elles me disaient : « *Deddixedda, 'ndi òlisi unu pagu de custu ? È bonu bonu, beni de Parigi ! T'arrecchèdi ?* », ce qui veut dire : « Tu veux goûter, ma belle ? C'est délicieux, ça vient de Paris ! Ça te dit ? »

C'étaient d'excellentes cuisinières, et elles connaissaient les noms des ingrédients en français. Je n'ai jamais oublié cette recette, un plat célèbre de chez Maxim's m'avait-on dit, à l'intitulé au charme mystérieux : *Homard bleu rôti, morilles et févettes étuvées, pomme de terre confite et cerfeuil concassé*[1].

---

1. Tous les termes ou expressions en italique suivis d'un astérisque sont en français dans le texte.

7

Le mari d'Anna l'a quittée pour une autre, mais elle m'a avoué qu'elle l'avait épousé sans amour, et même sans attirance physique, peut-être parce qu'il avait les cheveux roux et qu'elle rechignait à se marier avec *unu conc' 'e bagna*, une tête de sauce tomate. Elle l'avait épousé tout de même pour avoir une maison normale et une vie normale. Il n'était que manœuvre, mais elle était contente d'échapper au surnom des habitants de la Marina, *culus sfustus*, culs mouillés, car alors c'était une zone de pêcheurs, et contente de quitter le quartier où elle était née et où elle vivait avec sa mère, une femme de mauvaise réputation, dans un taudis encore debout dont elle se détourne quand nous passons devant. Avec son mari, elle était partie habiter en banlieue, mais elle s'était vite rendu compte que ces longs bâtiments étaient bien loin de ce dont elle rêvait, et que le mariage aussi. Avant, au moins, tout pouvait arriver, mais le chapelet de gros immeubles gris avec du linge étendu sans joie, dans la chaleur de l'été ou la froideur de l'hiver, et ce mari qui ne lui plaisait pas, c'était pour toujours. Il lui avait rendu service en tombant amoureux d'une autre. Le mariage terminé, elle avait gardé sa fille et travaillé avec acharnement, en rêvant de faire fortune et de revenir à la Marina, riche ou célèbre, puisqu'elle était douée pour le chant, la danse, la cuisine et la couture.

Exactement comme moi, qui ai toujours rêvé de quitter mon village, où j'étais ostracisée depuis la catastrophe, et de revenir auréolée d'une gloire ou d'une autre, peu importe laquelle, sauf qu'à la différence de mon amie, qui sait tout faire, moi je ne suis bonne à rien.

Anna s'appelle ainsi parce qu'elle est née le jour de la sainte Anne à la fin de la guerre et que sa mère n'avait pas la tête à réfléchir à un prénom, car elle faisait ce métier-là et l'avait eue par erreur. Elles habitaient à la Marina dans cette maison qui n'en était pas une, une sorte d'antre sombre, humide et puant, où s'abritent maintenant des réfugiés.

Heureusement, elle avait été placée toute jeunette, et avec son premier salaire, elle avait acheté une cuisinière à gaz pour sa mère, et des matelas décents. Elle avait toujours su qui était son père, un soldat qui n'avait pas pris ses précautions en couchant avec sa mère et s'était efforcé de s'occuper d'elle, même de loin. Pour sa naissance il lui avait offert une chaînette avec son prénom, Anna, sans nom de famille évidemment, et une paire de boucles d'oreilles pour sa première communion. Au moment du mariage de sa fille, devenu vieux, il était venu en Sardaigne exprès pour parler avec son futur gendre, et il lui avait dit : « Gare à toi si tu te moques d'elle, tu auras affaire à moi. »

Quand il l'avait épousée, le mari d'Anna n'avait nul besoin de ce genre de mise en garde car il était très amoureux, du moins il le croyait, et puis il avait rencontré l'autre femme et compris ce qu'était vraiment la passion, alors il était parti, en s'engageant à payer le loyer de ce triste logis dans ce triste quartier de barres d'immeubles. Il venait les voir tous les dimanches et apportait des cadeaux à Natasha, qui le toisait d'un regard dur et froid et ne les déballait même pas. Alors, le père était venu moins souvent, et quand, de ce nouvel amour, une autre fille lui était née, il avait fini par demander le divorce. Ici, à la Marina, où pour finir Anna était revenue, on avait eu bien de la peine pour elle, *mischinedda*, on avait dit qu'il pleut toujours là où c'est mouillé et qu'un malheur n'arrive jamais seul, puisque après une enfance et une jeunesse misérables, elle n'avait pas même eu droit à un peu de bonheur. Au fond, disait-on, ça n'aurait pas été plus mal que Dieu la rappelle là-haut. Elles s'en seraient occupées, elles, les femmes du quartier, de la petite Natasha. Et ça n'aurait pas été la première fois qu'elles faisaient les éléphantes en prenant soin des éléphanteaux d'autrui comme si c'étaient les leurs. Mais Anna n'avait aucune envie de mourir et, tout en pleurant beaucoup son mariage perdu, sentait bien qu'elle n'avait jamais aimé son mari et qu'elle n'avait souffert de son départ que parce qu'il est d'usage de souffrir, dans ces cas-là. Plus tard, elle l'avait pardonné et remercié dans son cœur, et elle s'était remise à rêver d'amour, de gloire et de richesse, débarrassée de tout remords. Du reste, pour reprendre cette vie de misère dans un sombre gourbi de la Marina, mieux valait ne pas perdre d'énergie en regrets et en rancœurs inutiles.

Tout le monde lui disait qu'elle avait une très belle voix, la plus belle du chœur de la paroisse de Sant'Eulalia. Alors, elle avait pris quelques leçons de chant et s'était imaginée devenir une célèbre soprano. Mais les leçons coûtaient trop cher et elle s'était résignée à ne chanter qu'à l'église : «*Adeesteee fideeles… veniite adoreemus…!*» Ou bien à la maison, les Beatles. Je l'entends, quand elle fait le ménage à fond : «*Olliou nidiz lov lalalalala Olliou nidiz lov lalalalala Olliou nidiz lov lov loviz olliou nid!*» Parfois elle imite Marlene Dietrich, sensuelle : «*Where have all the flowers gone.*»

Tout le monde lui disait que les plats qu'elle apportait aux pauvres du quartier, immigrés nord-africains, pakistanais ou sénégalais, étaient de la grande cuisine, alors elle a commencé une formation pour devenir chef, mais aucun restaurant n'a voulu l'engager, sauf celui de son amant, et nous savons déjà comment l'histoire s'est terminée. Et puis il y a eu ses créations de mode, d'extravagantes associations de fleurs, de pois, de carreaux et de rayures qui faisaient mal aux yeux, taillées dans des nappes tachées ou dans de vieux rideaux, splendides et baroques.

Enfin, le destin l'a amenée ici, dans le plus bel immeuble de la Marina, dans l'appartement de service pour commencer et ensuite, tout droit à l'étage du dessus.

Natasha dit que sa mère a toujours réussi à payer ses factures et à faire en sorte qu'elle ne manque de rien. Au prix d'immenses sacrifices, qu'elle aurait pu éviter en gardant son mari ou en en trouvant un autre, honnête. Mais elle semblait attirer les désastres. Elle n'avait rencontré que des hommes qui l'avaient exploitée et c'était de leur faute si elle était malade du cœur.

Natasha est fiancée depuis des années avec un ancien camarade de classe et ils s'aiment beaucoup. Mais elle panique, car elle est jalouse à l'excès: me trouvant belle et raffinée, elle jure qu'elle ne me présentera jamais et s'il est là, elle accroche un certain bout de tissu à la fenêtre pour me rappeler de rester chez moi, et de ne pas tenter de l'observer en cachette. Pourtant, Natasha est une beauté, rien à voir avec moi. Sa chevelure rousse, une vraie crinière, lui tombe jusqu'aux épaules, elle a les yeux verts pailletés d'or, les hanches rondes, une poitrine lourde et ferme, quelques taches de rousseur ornent son nez parfait, et dans ses vêtements de rien du tout, achetés chez les

Chinois, elle brille de mille couleurs, quand j'apparais si grise et si terne.

Pourtant son fiancé est fidèle, ponctuel, sérieux. Mais très mélancolique parce que comme elle, malgré un diplôme obtenu avec mention, il ne trouve pas d'emploi fixe. Natasha et lui voudraient se marier, mais sans travail stable, c'est impossible. Le principal tourment de Natasha, à part sa colère contre les injustices, son inquiétude pour l'avenir et ses accès de jalousie, c'est sa mère, sa mère qui maintenant monte travailler au-dessus comme si on l'avait embauchée au paradis, avec la mine de Cendrillon grimpant dans sa citrouille transformée en carrosse.

«Ah, avec la musique, l'âme s'envole!» s'enthousiasme Anna.

Sa fille se moque d'elle: « *Salagadou, la menchikabou la bibidiba bidibou, c'est de la magie ou je ne m'y connais pas, bibidiba bidibou! Cendrillooon! Cendrillooon!*

– Tu peux te moquer, mais en vérité, les contes nous apprennent à résoudre bien des situations difficiles, lui dit sa mère. Regarde Hänsel et Gretel, et leur idée de faire tâter un petit os à la sorcière aveugle qui voulait les engraisser pour les manger. Ou la Belle au bois dormant, qui va là où elle ne devrait pas aller et se pique sur un fuseau. Ou Blanche-Neige qui croque bêtement dans la pomme. Ou le Petit Poucet qui retrouve son chemin grâce à ses petits cailloux.

– Et donc nous ne devrions jamais sortir sans un petit os, sans une pomme en poche, pour la manger au cas où on nous en offre une empoisonnée, ni sans petits cailloux pour retrouver notre route. Et ne pas nous approcher des fuseaux! »

8

Le fils et le petit-fils de Mr. Johnson, Johnson junior et Johnson junior junior, qui a sept ans et s'appelle Giovannino, sont arrivés de Milan.

Giovannino est un enfant prudent, qui n'accorde pas facilement sa confiance. Il est ponctuel, et si vous devez l'accompagner quelque part, il vous attend lavé et habillé, à l'heure pile. Comme je le faisais à son âge, il compte les sorties du coucou de l'horloge, et quand vous êtes en retard, il vous regarde avec une mine légèrement réprobatrice, légèrement, pour ne pas vous mettre trop mal à l'aise.

Anna dit que cet enfant s'est élevé tout seul. « Ah ! Quel enfant ! » Il faut voir comme il est ordonné, comme il range sa chambre et s'assure que chaque chose est à sa place.

Elle lui fait des biscuits et lui dit d'en prendre autant qu'il le veut, mais lui les compte, il en met de côté pour les voisins, pour Anna et Natasha, et pour moi, il divise ceux qui restent en trois, une part pour son grand-père, une pour son père et la dernière pour lui.

Johnson junior a des problèmes avec l'institutrice de Giovannino qui d'après lui est une conne. Les enfants devaient acheter des crayons, pas de couleurs simples comme jaune, violet, bleu, rouge et vert. Non. Carmin, rouge rubis, bleu cobalt, outremer, jaune canari, ocre jaune, vert émeraude, vert pomme et des trucs de ce genre. Lui, il a acheté à son fils une boîte de crayons de couleurs normales.

Giovannino a dit à son père que les crayons faisaient l'affaire, pour ne pas lui faire de peine, après quoi il m'a demandé si je voulais bien l'accompagner pour trouver ce qu'il lui fallait pour l'école, le matériel requis, le même que celui des autres. Il est arrivé en pleine année scolaire, et il ne veut pas se singulariser davantage. Il aime faire les choses dans les règles. Il ne mange pas de soupe au déjeuner, par exemple. Il dit : « Ce n'est pas l'heure de la soupe. Tu me la gardes pour le dîner ? » Giovannino se lave les dents après chaque repas, et les pieds avant d'aller au lit. Comme disent son père et son grand-père, il cherche toujours la petite bête, c'est-à-dire qu'il refuse les boutons qui pendouillent et les chaussettes désassorties.

Son père ne ressemble pas du tout à Mr. Johnson et n'a pas du tout l'air d'un Américain, avec sa peau sombre, les cheveux crépus qui auréolent sa tête et ses doux yeux d'Africain. À l'inverse de son père, sa tenue est toujours impeccable, seulement, toujours à l'inverse de son père qui s'habille de façon classique, le style de Johnson junior est étrange, ses pantalons en particulier, étroits et toujours écossais, rappellent ceux de Mr. Micawber dans *David Copperfield.*

Giovannino, lui, a l'air un peu américain. Les gènes de son grand-père ont dû sauter une génération.

Nous nous entendons très bien, Giovannino et moi. Nous aimons les mêmes choses. La mer, par exemple. Ce n'est pas une découverte, pour lui qui a vu les plages du monde entier avec son père. Mais il n'a jamais vécu dans une ville comme Cagliari, avec la mer à l'intérieur, comme la Seine est à l'intérieur de Paris et l'Hudson à l'intérieur de New York. La mer lui plaît plus que les fleuves, et elle lui plaît par tous les temps, à cause de son écume transparente.

« On ne s'en ira pas de Cagliari, n'est-ce pas ?

– Pas tout de suite. Nous y resterons un an.

– Et dans un an, on partira où ?

– Je ne sais pas. Ce sera une surprise.

– Je n'aime pas les surprises. »

Alors il me demande à moi : « Tu le sais, toi, où nous irons, papa et moi, dans un an ?

– Dans un endroit où l'on parle anglais, italien, ou français.

– Et si moi, je décide de rester ici ?

– On verra ça.

– On ne peut pas voir ça maintenant ?

– Je pense que tu pourras décider de rester ici.

– Je resterai ici pour toujours, alors ! »

Ce qui lui plaît à Cagliari, outre l'écume transparente, ce sont les montées et les descentes. Il court tout en haut de la rue, et je l'attends en bas, ensuite il redescend en courant se jeter dans mes bras. Cagliari est blanche et bleu outremer, dit-il, et notre quartier de la Marina est une île, parce que les mouettes et les autres oiseaux marins le survolent, parce que des naufragés du monde entier y ont accosté pour se sauver quand leurs bateaux ont coulé, et qu'on dirait un toboggan, incliné tout entier vers le port.

J'ai remarqué que Johnson junior et Anna s'entendaient aussi très bien. Toujours à se faire mille confidences, et quand quelqu'un arrive, on devine qu'ils changent de sujet. Elle voulait retourner à l'étage du dessous, mais Johnson junior l'a priée de rester pour lui donner un coup de main avec le petit.

Il l'a conquise la première fois qu'elle l'a invité à boire le chocolat de sa machine à expresso, en lui disant que dans aucun pays au monde il n'en avait bu d'aussi bon. Il l'a aussi chaudement complimentée pour la jolie pièce dont tous les objets semblent avoir été rejetés sur le rivage par une mer déchaînée après être restés des temps immémoriaux bloqués dans des épaves submergées. Il lui a dit qu'il se serait cru invité à Buckingham Palace et désormais, tout le monde appelle *s'aposentu bonu* Buckingham Palace.

Depuis qu'ils sont amis, Anna a trouvé le courage d'admettre qu'il y a bien quelque chose entre Mr. Johnson senior et elle et, si c'est possible, elle est devenue encore plus confiante et joyeuse. Elle répète: «Quelle chance! Ah, quelle chance!»

Natasha n'est pas du tout convaincue que ce soit une chance et désapprouve l'amitié de sa mère pour Johnson junior qui, d'après elle, n'est qu'un beau parleur, comme tous les fils à papa qui n'ont jamais eu de vrais problèmes dans la vie mais qui, par contre, ont des théories sur tout. Moi, comme Anna, je suis irrésistiblement attirée par Johnson junior.

Il glisse sous ma porte de gentils billets en anglais, très compliqués à traduire, pour que je m'exerce. Il m'appelle de la terrasse quand, de l'aile qui donne sur la mer, on voit arriver les bateaux de croisière ou au crépuscule, quand tout s'éclaire de bleu mêlé d'orangé et qu'il y a plein de nuages, allongés ou en forme de petites pelotes.

Il m'appelle Gribouille, parce que je ne suis bonne à rien, surtout en cuisine. Mes omelettes bavent trop, mon rôti aux pommes de terre est un pot-bouille mou et spongieux, mes soupes, de la flotte où barbotent vermicelles et débris de légumes, des pépins de citron polluent mon thé. Mais Johnson junior trouve tout cela intéressant, peut-être parce qu'il est amoureux de moi et que l'amour est aveugle. Il dit que ce qui me perd, en cuisine, c'est mon imagination, ma fantaisie, mon esprit rebelle, car je ne fais jamais rien selon les règles.

Ici, à la Marina, Johnson junior a séduit tout le monde, on l'aime bien, et je sens que c'est un sentiment différent de celui qu'on éprouve à mon égard. Personne ne cherche à le protéger, au contraire, les gens s'adressent à lui comme des naufragés à un indigène hospitalier, bienveillant.

Dans les poches des blouses d'Anna, il glisse des poèmes de ses poètes préférés, il ne l'appelle plus Anna mais Annina, et à présent, tout le monde l'appelle ainsi.

J'ai demandé à Johnson junior pourquoi il est si gentil avec nous, et il m'a répondu qu'Annina et moi, nous avons un visage, une allure, une façon d'ouvrir la porte et de regarder dans la boîte aux lettres qui donnent envie de nous proposer de l'aide, comme aux naufragés du quartier.

Cette réponse m'a rendue très triste, car elle signifie qu'il ne fait aucune différence entre les autres et moi.

Giovannino et son grand-père s'entendent aussi très bien. Ce dernier apprend à son petit-fils à jouer du violon et nous pensions tous que celui-ci ne s'y pliait que pour ne pas lui faire de peine, jusqu'au jour où Johnson senior lui a demandé de jouer un morceau pour nous, un morceau de *La Veuve joyeuse*, et nous en sommes restés bouche bée tant il l'a magnifiquement interprété.

«L'ADN! a exulté Johnson junior, en serrant son père dans ses bras. Je ne croyais pas à l'ADN, mais ça compte, en fait, et comment!

– C'est ça, l'ADN…» a souri son père, broyé par son étreinte.

Nous n'étions pas au bout de nos surprises. Annina est entrée en scène à son tour et, accompagnée par les violons du grand-père et de son petit-fils, elle s'est mise à chanter : « *Les lèvres sont silencieuses, les violons soupirent : aimez-moi ! Chaque pas dit : aimez-moi, s'il vous plaît ! Chaque étreinte de la main le montre clairement. Maintenant je le sais, c'est vrai, c'est vrai, vous m'aimez !* »

Nous ne cessions plus d'applaudir, et Natasha a fondu en larmes.

« Tu es formidable, maman, tu es formidable ! » disait-elle en enlaçant Annina et en la couvrant de baisers. Et tout le monde en chœur : « Elle est formidable ! Formidable ! »

9

Le salaire d'Anna a doublé, depuis l'arrivée de Johnson junior. Il lui a expliqué que son père lui payait cette somme ridicule parce qu'il ne dispose que de ses cachets de musicien de croisière, le reste appartenant à Mrs. Johnson. C'est différent à présent, car Johnson junior est professeur à l'université. L'appartement d'Anna est à son nom, en plus, et désormais, Natasha et elle n'ont plus de loyer à payer.

Alors, Anna s'est habillée avec soin et est allée trouver ses vieux employeurs pour leur annoncer qu'elle ne servirait plus chez eux en laissant entendre, comme elle le fait ici aussi dans les boutiques de la Marina, que sa vie avait changé depuis qu'elle fréquentait l'étage du dessus, glissant à demi-mot qu'il était bien possible qu'elle y emménage définitivement.

Prétextant que personne ne s'occupe aussi bien des fleurs que moi, je profite de l'absence des Johnson et d'Annina pour jeter un coup d'œil aux revues pornographiques. J'y trouve toujours de nouvelles histoires de femmes avec de gros seins, comme Natasha, mais avec des visages beaucoup, beaucoup moins gracieux. En vérité, elles ne ressemblent pas à grand-chose, peut-être à cause de ces mines qu'elles prennent, lèvres en avant et yeux mi-clos, têtes renversées comme pour chasser leur chevelure en arrière. Elles restent torrides malgré cela, et comment !

Mes histoires favorites sont celles des dames frigides qui virent nymphomanes. L'une d'elles cherche soudain à coucher avec tous les hommes qui entrent dans sa maison. Au désespoir, son mari veut la punir, mais bénéficiant lui aussi de cette divine abondance dont il fut privé si longtemps, il change d'avis.

Moi aussi, je veux devenir nymphomane. Je me regarde dans le miroir et ce n'est pas mon image que je vois, pâlichonne et maigrelette, je vois la machine de guerre sexuelle que je voudrais être, provocante et mamelue, sans serre-tête, avec une mèche de cheveux sur l'œil et une robe toute en lacets de cuir que l'on peut dénouer pour libérer les parties érotiques du corps.

Et Annina? Ces dames lui apprennent-elles quelque chose? Ou savait-elle déjà tout cela? Je la vois, légère et limpide comme les notes du violon de Mr. Johnson qui résonnent entre ces murs, s'envolent par les fenêtres, dans la cour, dans la rue, au loin, jusqu'à la mer.

Johnson junior sait tout de mes fantasmes de nympho-manie, et aussi de mes rêves de revanche sur les gens de mon village, mais surtout, il sait que je ne fabrique pas grand-chose, à part composer des vers. C'est pourquoi il me conseille de devenir plutôt écrivain, le rêve de ceux qui ne savent pas où donner de la tête.

Que dire de Johnson junior? Qu'il est sympathique: vous faites une plaisanterie, vous racontez une anecdote banale et ça le fait rire, vous avez l'impression que c'est vous, la personne sympathique.

Ainsi, j'ai pris l'habitude de courir le voir dès que je rentre à la maison. Il me dit: «Raconte-moi les détails significatifs. Si tu balances tout d'emblée, tu ne devien-dras jamais écrivain. Toutes nos joies et tous nos malheurs résident dans les détails.»

Il écoute avec attention mes poèmes.

Il se dénude, se dépouille
Mon cœur fatigué,
Du geste répété
De demander l'amour.
Il s'écorche, mon cœur
À demander l'aumône
Et doucement, se fane.

Ou bien :

Maintenant que j'ai vécu,
Je peux mourir en paix,
Caressez-moi la tête,
Elle est blanche désormais,
Parce que j'ai vécu,
Je peux mourir en paix.

Johnson junior me demande : « Depuis quand écris-tu ?
— J'ai commencé à écrire des poèmes après la catastrophe.
— Toujours aussi tristes ? Même quand tu étais petite ?
— Plus tristes encore quand j'étais petite : des grilles de cimetières qui grinçaient, des cendres qui s'envolaient des tombes et se dispersaient au vent, des enfants qui s'éloignaient de chez eux, et soudain la tempête se levait et ils se perdaient. Des choses de ce genre.
— Pourquoi écris-tu ?
— Parce que tout s'envole, et que les écrits restent.
— Et si tout restait là et que tes poèmes passaient ! »
D'après lui, je devrais lâcher la poésie et me consacrer à la prose, et c'est ce que je fais. J'essaie, je note tous

les détails, les mots, les gestes. Johnson junior dit que je ressemble à un interprète en simultané à un congrès des Nations unies.

Je me sens si bien que si ça ne tenait qu'à moi, j'arrêterais le temps : Anna qui délace sa tunique sexy pour Johnson senior, moi qui vais à la plage avec Giovannino, et lui qui, à un moment donné, lâche des considérations du style : « Aujourd'hui, la mer est gris perle, comme le ciel », ou bien : « Aujourd'hui, elle a trois bandes, bleu ciel, vert émeraude et bleu cobalt », et je comprends qu'il songe à ses crayons de couleur.

Parfois, Johnson junior disparaît. Je demande de ses nouvelles à Giovannino. Il me répond que son père doit être avec Omar. Je lui demande alors : « Mais qui est cet Omar ? » et il m'explique que c'est un de leurs amis de Paris, il n'est pas français mais arabe, et quand il vient les voir ici à Cagliari, bien qu'ils l'invitent chez eux, il préfère dormir à l'hôtel.

Si l'absence se prolonge, Giovannino s'inquiète lui aussi. Je le vois à l'attention qu'il prête aux bruits, espérant reconnaître celui des pas de son père. Moi, je scrute la rue et la cour par les fenêtres. Est-ce parce que nous avons vingt ans de différence que Johnson ne semble pas me remarquer ? Même quand tout autour de nous hurle : « Enlacez-vous ! », « Embrassez-vous sur la bouche ! », « Faites l'amour ! » ?

Ou parce qu'il me trouve physiquement insignifiante ? À vrai dire, même Natasha ne trouve pas grâce à ses yeux, bien qu'elle ait tout des machines de guerre sexuelles des revues de Mr. Johnson, mais elle est fiancée et Johnson junior a un grand sens moral.

Natasha prétend que l'indifférence de Johnson à mon égard ne peut être due à mon physique, puisque je suis si belle. Mais c'est la jalousie qui l'aveugle. Elle redoute toutes les filles, même les plus laides. Elle dit que si ça ne tenait qu'à elle, elle garderait une capsule de cyanure dans un pilulier accroché à sa chaînette, et qu'elle la croquerait au premier signe avant-coureur d'éventuelle infidélité de son fiancé.

Quand je lui ai dit que j'étais amoureuse de Johnson junior, Anna m'a regardée avec horreur, pire que si j'avais avoué aimer un criminel. Je ne la supporte pas quand elle fait cette tête-là. Anna est vraiment la dernière à pouvoir donner des leçons.

Mais j'attendrai. Johnson junior m'aide beaucoup. J'ai tellement peur que les autres ne découvrent à quel point je suis bête et ignorante que je refuse leurs invitations. On peut dire que je n'ai aucun ami. Et quand j'essaie de m'en faire, je n'ai pas de chance, comme cette fois où j'avais suivi cette fille sympathique et intelligente dont j'apprécie tant les interventions en cours. Je l'avais rattrapée en lui disant: «On prend le même chemin!

– Non, je tourne ici. À demain. Désolée, je suis pressée!»

Mais comment savait-elle que moi, je continuais tout droit? Elle voulait seulement se débarrasser de moi. Du reste, je n'interviens jamais en cours. Je suis l'étudiante invisible. Intervenir serait pire que tout, on me démasquerait.

Johnson junior a très bien compris qui je suis, il sait que je ne suis bonne à rien et il m'aime bien quand même. Peut-être m'aime-t-il tout court? Pourquoi, sinon, s'intéresser à une calamité comme moi?

Je ne me vexe pas quand il affirme que je suis un futur écrivain car beaucoup de ceux qui ne savent rien faire écrivent. Je ne dois pas me sentir insultée, parce que je vois bien qu'il aime les écrivains par-dessus tout, et que c'est précisément en littérature qu'il s'est diplômé à Harvard, Cambridge, Massachusetts.

Bien sûr, Anna, Natasha et Giovannino, et peut-être même Johnson senior, ont aussi de l'affection pour moi, mais sans vouloir les offenser, ils ne comprennent pas qui je suis vraiment ni à quel point mes rêves sont présomptueux. Mes parents non plus ne l'avaient pas compris, ni mon père avant sa mort, ni ma mère avant sa folie. Ils n'avaient pas la moindre idée de qui était vraiment leur fille.

Johnson junior ne parle jamais de la mère de son fils, ni de la sienne.

De cette dernière, il m'a seulement dit un jour : « Elle ne connaît que son propre espace, et elle y tourne en rond, dans tous les sens. Elle est en prison et elle l'ignore. Mais elle n'est pas méchante, ni même sotte. Elle reviendra, tu verras. Plutôt deux fois qu'une.

– J'espère que non, ai-je lâché, presque désespérée. J'ai trop peur que quelqu'un se suicide, dans cette histoire. Si ce n'est pas ta mère, ce sera Anna.

– Penses-tu ! Pour papa ? Pour un type qui devrait se faire interner ?

– Où ça ?

– Peu importe, dans le premier service hospitalier qui voudrait bien de lui.

– Tu crois qu'il est fou ?

– Non. Mais sa place est à l'hôpital.

– Tu dis ça parce que tu le détestes ?

– Pas du tout, au contraire. C'est mon genre de père idéal. Un véritable artiste. Un pur. Tout ce qu'il demande, c'est de jouer du violon, et il se moque de devenir riche et célèbre. Il veut jouer, et rien de plus. Mon père est un modèle d'homme exemplaire, même s'il ôte sa serviette de table dès qu'il commence à manger. Même si un jour, en voyant le coffre ouvert d'une BMW rempli de beaux fruits, il en a demandé le prix au monsieur élégant qui se tenait à côté en croyant qu'ils étaient à vendre.

– Et qu'a répondu ce monsieur ?

– De jeter un coup d'œil à sa voiture et de lui dire si, à son avis, elle ressemblait au fourgon d'un marchand ambulant ! Mais il a fait mieux que ça. Quand nous habitions à Paris, il est allé sonner à la porte de l'ambassade des États-Unis, un majestueux hôtel particulier avec des gardes à l'entrée, en pensant y trouver l'atelier d'un menuisier. Il s'était trompé d'adresse, comme ses poches sont toujours pleines de bouts de papier avec des notes, roulés en boule... Mon père vient vraiment d'une autre planète, c'est peut-être pour cela qu'il est un si beau modèle d'homme. Le meilleur que je connaisse.

– Et ta femme ? ai-je demandé. Comment est-elle, Mrs. Johnson junior ?

– Il n'y a pas de Mrs. Johnson junior.

– Vous n'êtes pas mariés ?

– Nous ne sommes rien du tout. »

Giovannino ne connaît pas sa mère, Johnson junior lui a seulement dit que, lorsqu'il sera grand, il lui expliquera en détail le mystère de sa naissance.

« Un affreux mystère ?

– Non. Il n'y a rien d'affreux dans l'histoire de ta naissance. »

Quel que soit ce mystère, le petit est certain que son père a bien fait.

Parfois, Giovannino me semble émerger de je ne sais quelles lointaines profondeurs. Peut-être parce qu'il vous regarde comme s'il vous épiait. Ou parce qu'on dirait bien qu'il pourra toujours se passer de vous. Pas une

69

crise de rage enfantine, pour aucun motif. Il ne crie ni ne trépigne jamais. Il s'adapte à toutes les situations, comme au régime végétarien de son grand-père, lui, un enfant élevé aux *grilled steaks* américains, aux entrecôtes et à la terrine de foie gras français, aux côtelettes à la milanaise. Mr. Johnson lui a expliqué ce que l'on fait aux oies pour les engraisser, et comment l'on mène les vaches à l'abattoir, Giovannino refuse donc de manger de la viande devant son grand-père que cela dégoûte, mais attend d'être seul avec son père pour la déguster tranquillement, car il en raffole. Il respecte les habitudes des autres et ne se fâche contre personne. Si le terme peut s'appliquer à un enfant, je dirais qu'il est tolérant. Prudent, néanmoins. On voit qu'il est habitué à se débrouiller seul dans des villes grandes et dangereuses. Il demande : « Qui c'est ? » quand on sonne, puis il ouvre la porte, tout doucement, prêt à la refermer illico si par hasard il avait confondu la voix. Enfin, il s'illumine et fait un grand sourire : « C'est toi ! », il ne s'est pas trompé et le monde n'est que bonté, comme son père le lui a enseigné.

Car selon Johnson junior, mieux vaut ignorer le mal au début de sa vie, s'il ne te tombe pas dessus. Avec les enfants chanceux, épargnés, inutile d'énumérer la longue liste des atrocités potentielles qui assombriraient leurs pensées. Deux ou trois règles de sécurité suffisent, comme de demander « Qui c'est ? » avant d'ouvrir la porte et d'être prêt à la refermer au cas où la voix chercherait à nous tromper, et d'ailleurs il n'est pas dit qu'on ait cherché à le faire, il arrive qu'on se trompe tout seul.

Moi en revanche, j'ai toujours peur qu'il arrive quelque chose à ceux que j'aime. Une fuite de gaz, un incendie dans l'immeuble, et aucun d'entre nous ne serait plus de ce monde. Si encore je mourais moi aussi, cela m'irait, mais si j'étais absente pendant que le malheur frappait, et qu'à mon retour je ne retrouve plus personne, je ne pourrais pas le supporter. Cette fois-ci, je ne le supporterais pas, c'est certain. Je fais attention, je vérifie cent fois la manette du gaz, les feux de la cuisinière, je m'assure que la porte principale est bien close aux éventuels assassins. Mais on ne peut jamais être sûr de tout.

10

Anna avait très envie de rencontrer ma mère, nous sommes donc allées ensemble au village.

Elle est tombée sous le charme du mur d'enceinte du jardin, si haut, des branches luxuriantes des arbres qui s'élancent vers la route, des premières couleurs du printemps, de l'élégance du mobilier et du service avec lequel la jeune fille qui s'occupe de maman nous a servi le thé. Mais surtout de la beauté raffinée de celle-ci.

Anna a beaucoup parlé à maman, elle lui a dit de se rassurer, que je suis bien, à Cagliari et qu'il ne peut rien m'arriver parce qu'elle, Anna, fait de son mieux pour me tenir lieu de mère, pas dans mon cœur, bien sûr, on n'a qu'une seule maman, mais sur le plan matériel. Et donc, au moindre problème, je sais à qui m'adresser. Je suis vraiment une chère, une bonne, une gentille fille et c'est un plaisir de m'aider. Elle a poursuivi ainsi tout du long, Annina, avec des anecdotes et des descriptions de notre immeuble et tout cela était réconfortant et sonnait gaiement. Entre deux tirades, elle faisait une pause et attendait que maman réponde. Maman le comprenait et à chaque silence, disait : « Vous êtes très gentille », même quand ça n'avait aucun rapport, même quand Anna évoquait son travail à l'étage du dessus, qui lui plaît tant, et quand elle décrivait le paysage et les bateaux de croisière, qui avancent lentement et occupent toute la largeur des fenêtres ; et quand elle parlait de Natasha, de la mention qu'elle a eue à son diplôme, et de son travail de vendeuse, mais on le sait, les temps sont durs. « Vous êtes très gentille », concluait maman.

« Ah, ce que c'était bien ! m'a dit Anna dans le car, en rentrant.

— Tu as fait les questions et les réponses !

— Ce n'est pas vrai, ta maman a participé. Ofelia, quel prénom merveilleux, ça c'est un prénom. Je suis sûre qu'elle s'inquiétera moins pour toi, maintenant qu'elle sait que tu as des amis.

— Maman s'inquiète toujours, mais pour des choses qui n'existent pas, elle a perdu tout contact avec la réalité.

— Si tu veux, je reviendrai avec toi, chez Ofelia. Nous pourrions chanter ensemble. Ce serait magnifique, en chœur, Ofelia, toi et moi. Nous deviendrions célèbres. Tu sais, j'ai entendu dire qu'on soignait les fous grâce au théâtre, au cinéma, à la musique et des choses de ce genre. »

Depuis, nous prenons souvent le car et nous allons toutes les deux au village, tandis que le printemps se fait plus riant et que les mimosas et les genêts éclairent le bord des routes ; le soir, au retour, les champs bleutés se confondent avec le ciel.

Anna chante des chansons que maman connaît forcément, bien qu'elle soit plus jeune. Je suis surprise car elle se souvient du rythme et des paroles en anglais, tandis qu'Anna se trompe, alors maman la corrige et il me semble que ces maladresses la font sourire.

« Et si elle faisait semblant d'être folle ? ai-je demandé à Anna, en aparté.

— Faire semblant, ça non, mais tu sais ce qui est arrivé à ta mère ? Elle s'est sentie trop petite par rapport à ce qui se passait dans sa vie, je parle de cette histoire de ton père avec l'étudiante. Parfois, la vie est trop grande pour nous. Alors, comme font les enfants, elle a pleuré de désespoir jusqu'à en tomber d'épuisement, et elle ne s'est toujours pas réveillée. Et à mon avis, elle a bien fait.

– Anna, j'ai trouvé ce que tu as de si spécial, lui ai-je dit comme si c'était une grande découverte. Ma mère a raison, tu es gentille, tu es la personne la plus gentille que j'aie jamais connue.»

Désormais, je me sens tout à fait bien à Cagliari et comme Giovannino, je ne veux plus la quitter. C'est lui qui a raison, l'air d'ici a une si bonne odeur, il sent l'iode et les embruns, le goudron, le savon, la friture et la sauce tomate, et vous avez toujours le sentiment qu'un marin va vous inviter à monter à bord pour manger des calmars.

La mer aussi, je la vois comme Giovannino. Il ne l'aime pas de la même façon que les autres enfants. Il ne fait pas grand-chose quand je l'emmène à la plage du Poetto. Il court un peu dans tous les sens et je faisais pareil à son âge, sauf que moi, pour courir plus vite, je m'imaginais fuir quelque chose d'effrayant et que lui semble poursuivre une chose désirable. Il court avec bonheur, et l'emmener à la plage est un régal. Pour le reste, il observe la mer avec autant d'attention qu'il observe les gens. Nous marchons, tous les deux, perdus dans nos pensées, et il arrive qu'il me demande soudain si je n'ai pas moi aussi l'impression qu'aujourd'hui, les vagues sont plus légères et claquent avec insolence, ou bien qu'elles sont vêtues de lamé.

Je lui demande encore pourquoi Cagliari lui plaît tant.

«Parce qu'il y a la mer dedans, répond-il sans hésiter. C'est la plus belle ville de toutes.

« – Allons ! lui fais-je avec une légère bourrade. Tu ne vas pas me dire qu'elle est plus belle que Paris, ou que New York !

– C'est la plus belle. Et moi, dans un an, je ne pars pas avec papa. Je reste ici.

– Sans ton père ? Tu préfères Cagliari à ton père ?

– Je ne m'en irai pas. Je reste ici. »

Nous reprenons notre marche et je me dis que je ne devrais plus lui poser ces questions-là. Le monde n'est que bonté, pour Giovannino.

Johnson junior dit que quand on fait des enfants, on ne devrait même pas imaginer devenir fou ou se suicider, et que mon père et ma mère auraient mérité l'un des coups de poing, avant qu'il ne se pende au plafond, et l'autre des gifles, avant qu'elle ne perde la tête.

Il dit que je ne dois plus penser à eux, si désarmés devant la vie. Il dit que nous ne sommes jamais comme les autres voudraient que nous soyons. Nous pouvons en être très malheureux, jusqu'à en mourir. Ou bien accepter d'être à contre-courant, comme dans les comptines.

Quel accord parfait règne entre Johnson junior et Johnson junior… Être bien avec soi-même, ne pas désirer être autre chose que ce que l'on est, ni plus ni moins.

« Allons, Gribouille, redresse-toi et lève la tête, tu deviendras une grande romancière ! »

Depuis que je me suis lancée dans la prose, les détails me sautent aux yeux.

J'ai compris que c'est dans les détails que résident les prémices de tout et qu'en y prêtant attention, nous pourrions parfois déjouer un funeste avenir.

Mon père, par exemple, juste avant de mourir, agissait comme d'habitude, mais à bien l'observer, on aurait remarqué des changements, rien que dans sa manière de s'asseoir. Au lieu de se caler dans un fauteuil, les pieds sur un petit tabouret en contrebas, il se posait sur une chaise, les bras croisés, la tête légèrement penchée vers l'avant et les pieds joints.

Romancière ou non, je ne me sens pas à ma place sur cette terre, il aurait mieux valu que je ne naisse pas, et Leopardi a eu raison d'écrire que « le jour natal est funeste à celui qui naît ». Mais je ne le dis pas à Johnson junior, pour ne pas le décevoir, après tous les efforts qu'il fait pour me convaincre du contraire.

« Quel père ! Ah, il est né pour devenir père, Johnson junior ! dit Anna. Giovannino a bien de la chance, car même s'il n'a pas de mère, son père compte pour deux. »

J'ai raconté à Johnson junior que le mien, d'après moi, n'avait d'autre choix que le suicide après que ma mère lui avait dit : « J'aimerais mieux que tu sois mort ! » Moi d'ailleurs, si une personne chère me disait une chose pareille, je préférerais mourir. Alors, Johnson junior est sorti de ses gonds et a hurlé : « Mais tu ne sais pas combien de fois ma propre mère m'a dit : "J'aimerais mieux que tu ne sois jamais né !" Et pourtant, je suis là, bon pied bon œil, heureux père de mon enfant ! »

Du village, je rapporte toujours des fruits pour les naufragés de la Marina et pour Anna, un bouquet de fleurs qu'elle dispose dans son vase en cristal de Bohême. Avant, j'en offrais aussi à Johnson junior, mais depuis que je lui ai parlé plus en détail de mon père et de ma mère, il n'en veut plus.

« Quel âge avaient tes parents ? m'a-t-il demandé.

– Même pas quarante ans.

– Plus jeunes que moi aujourd'hui. Toute la vie devant eux. Ils auraient pu se séparer et suivre chacun sa route.

Je suis navré, mais cette histoire ne m'attriste pas. En revanche, elle m'énerve énormément. Je te prie de ne plus jamais rien me rapporter de ce jardin. Et ne me raconte plus quoi que ce soit au sujet de tes parents ou de ton village, ou de ton institutrice qui t'appelait "la petite lettre muette". Elle ne s'en tirera pas comme ça, celle-là : quand tu seras devenue un écrivain reconnu, je la retrouverai, je la ligoterai et je lui enfoncerai tes livres entre les dents, elle devra les mâcher et les avaler, pendant que je lui dirai à l'oreille : "C'est bon, hein, les petites lettres muettes ? Eh bien, bouffe-les !"

– Mais je n'en veux pas, moi, du succès. Après, tout le monde attend de toi des prouesses, et aucun livre n'est jamais aussi bon que celui qui t'a rendue célèbre. Tu sais ce qu'on dit de certains écrivains qui n'ont connu le succès qu'avec un seul livre ? Que les suivants ont l'air d'avoir été écrits par leur frère débile !

– Eh bien il faudra le préciser tout de suite, alors, que tu es fille unique ! »

Je suis fille unique, certes, mais j'ai une nombreuse famille, à présent. Peu importe que Johnson senior ne soit pas mon vrai grand-père, Natasha ma vraie sœur, Anna ma vraie mère, Giovannino mon vrai fils. Mais tout de même, je voudrais tant qu'un jour, Johnson junior devienne vraiment mon mari.

J'aime tant tous ces moments typiques de la vie de famille, quand j'apporte chez Anna un vêtement à recoudre, par exemple, au lieu de le lui laisser, je préfère rester dans le dressing-room et entendre le bruit de la machine à coudre, pendant qu'une casserole bout sur le feu et que se répand une bonne odeur de cuisine. Ça me donne faim et d'ailleurs, je ne suis plus si maigre, presque squelettique, au point d'en inquiéter Anna, j'ai moins d'angoisses, aussi. Bien sûr, j'imagine toujours l'immeuble en flammes, l'explosion d'une bonbonne de gaz, ou des assassins embusqués derrière la porte, mais je fais ce que Johnson junior m'a appris, un calcul de probabilités, en pourcentage. Il m'a fait remarquer que si les journaux racontent des faits divers, c'est bien parce qu'il est rare que des choses semblables se produisent. Sans quoi ils écriraient : « Aujourd'hui, aucun immeuble n'a explosé, rien n'a pris feu et personne ne s'est fait égorger en sortant de chez lui. » Ce qui signifie que le monde est bon. Statistiquement bon.

La nuit m'effraie toujours autant. Je préfère dormir le jour, quand tout le monde est éveillé et vigilant. Car la nuit, tous s'en vont au pays des rêves et c'est à mon tour de veiller. J'aime le soir. Quand les lumières des cuisines s'allument et que personne encore ne songe à s'endormir.

11

Dans une revue que j'ai coutume d'acheter, je suis tombée sur un article annonçant le retour sur scène d'un des plus grands violonistes de jazz vivants, Levi Johnson. J'ai cru à un homonyme, la photo montrait un homme jeune qui ne ressemblait pas au monsieur du dessus. Pourtant tout coïncidait et mon cœur s'est mis à battre la chamade.

Le Levi Johnson de l'article avait été, à moins de quarante ans, au sommet de sa carrière. Une grave dépression l'avait éloigné définitivement de son public.

Il s'était laissé interviewer, pour une fois, et il avait déclaré qu'il ne se considérait plus comme un violoniste, juste comme un type qui jouait du violon, et qui ne voyait pas d'inconvénient à donner des cours privés ni à se produire sur des bateaux de croisière où les gens l'écoutaient en mangeant. Il était un raté, mais un raté heureux, désormais, estimait-il.

« Après trente ans d'absence, vous allez de nouveau jouer sur scène, lui demandait le journaliste. Votre meilleur ami, qui réunit pour ce concert les plus grands jazzmen contemporains, vous a donc convaincu ? Le théâtre du Châtelet à Paris fera salle comble. Ne pensez-vous pas que les passionnés de jazz, même s'ils ne vous ont plus vu jouer, Mr. Johnson, n'ont jamais cessé de vous écouter ?

— Bien sûr, qu'ils ont cessé de m'écouter.

— Cela vous chagrine-t-il?

— Mon destin n'était pas de devenir riche et célèbre. Je n'étais pas doué pour ça, et je n'avais pas assez de talent pour un destin de ce genre. Sur les bateaux de croisière, je suis bien payé et j'ai du succès. Juste ce qui me convient, un soir ou quelques heures de succès, sans plus de prétention. Et puis j'aime bien naviguer. Les bateaux sont luxueux, mais c'est un luxe qui ne concerne pas l'équipage, dont je fais partie. La seule chose que je regrette, c'est que ma cabine ne dispose jamais d'un hublot, sans parler d'une porte sur le pont. La pleine mer, de nuit, est magnifique. Vous ne savez plus si vous étiez un homme avant de partir, si vous l'êtes encore, ou si vous êtes en train de le devenir. Il n'y a plus d'horizon, vous ne savez plus quelle vie vous êtes en train de vivre. Je regrette de ne pas avoir de hublot. J'ai beaucoup appris de la mer, parce qu'en mer, vous comprenez que vous n'aurez jamais le pouvoir, en réalité. Parfois, au milieu de l'océan, flotte une brume légère, tout est calme, d'un bleu argenté, mais les vagues peuvent se creuser d'un seul coup, prendre la couleur du plomb, se déchaîner et, si ça leur chante, vous engloutir à jamais.

— Le hublot mis à part, qu'est-ce qui vous pèse dans la vie de croisière?

— Je n'aime pas que le commandant passe tous les jours vérifier ma tenue et me rappelle à l'ordre pour des bêtises comme des chaussettes désassorties ou une chemise boutonnée de travers.

— Jadis, personne n'aurait osé vous rappeler à l'ordre de cette façon.

— Quand vous êtes riche et célèbre, vos extravagances sont considérées comme l'expression de votre génie, quand vous ne l'êtes plus, elles deviennent insupportables.

– Êtes-vous un homme heureux ?

– Moi, je dirais que oui.

– Le problème vient peut-être du fait que les autres ne sont pas heureux avec vous.

– J'aimerais bien qu'ils le soient.

– Ils ne le sont donc pas ?

– Non. »

À présent, j'en étais certaine, ce ne pouvait être que lui, le Mr. Johnson de l'étage du dessus, notre Johnson senior, qui parlait trop au début de l'interview et finissait par prendre les questions au pied de la lettre, y répondant par monosyllabes. D'ailleurs, l'entretien s'arrêtait là.

Ensuite, l'article racontait brièvement son histoire. Il était le fils d'un cow-boy, un gardien de troupeaux de l'Oklahoma et d'une Juive française, Micol Levi, que ses parents avaient évacuée de Paris après l'armistice avec l'Allemagne. Elle étudiait le violon au conservatoire et elle était partie en n'emportant que son instrument, rejoindre des cousins américains qui avaient fui eux aussi l'Europe de l'Est et ses pogroms, trente ans auparavant. Tandis que les grands-parents et les parents de Micol s'installaient à Paris, leurs cousins avaient poursuivi jusqu'aux États-Unis. En Oklahoma, Micol avait rencontré Johnson, elle l'avait aimé et épousé, puis un enfant était né qu'elle avait prénommé Levi, comme son patronyme. Mr. Johnson disait que ç'avait été un mariage heureux, et qu'il n'avait connu son père qu'à la fin de la guerre puisqu'il était né en 1941, un peu avant Pearl Harbor.

Micol n'avait jamais revu sa famille restée en Europe, mais elle aurait de toute façon été mise au ban par celle-ci pour avoir épousé un goy.

Je suis montée en courant lire l'article à Anna. En m'écoutant, elle s'est mise à bouder.

«Pourquoi fais-tu cette tête?

– Qui aurait imaginé une chose pareille. J'étais si contente.

– Et tu ne l'es plus?

– Johnson junior est arrivé avec des invitations pour tout le monde, pour le fiancé de Natasha aussi. Les billets d'avion pour Paris, la réservation pour trois nuits d'hôtel. Paris, ah, Paris! J'étais si contente. J'avais tellement hâte de te le dire, et maintenant, cet article vient tout gâcher.

– Et pourquoi donc?

– Parce qu'un homme qui a été si célèbre, un artiste pareil, n'a rien à faire avec moi.

– Et sa mère, alors? Une violoniste juive, qu'avait-elle à faire avec son père, un cow-boy de l'Oklahoma? Et pourtant, tu as entendu, c'était un couple heureux.

– Mais c'était la guerre, à l'époque. En temps de guerre, ma mère me l'a raconté, tout est sens dessus dessous mais ça paraît normal. Et puis il s'en moque, que je vienne à son concert, il dit que personne n'est heureux avec lui. Moi je le suis, et il ne s'en est pas aperçu.

– Tu savais que sa mère était juive?

– Bien sûr que je le savais.

– Et tu ne me l'as pas dit?

– Qu'est-ce que j'aurais dû te dire? Levi, c'est Levi, juif ou non.

– Je croyais qu'on lui avait donné ce nom comme ça, sans raison précise. Mais lui, il est de religion juive ou chrétienne?

– Je ne l'ai pas encore compris et je n'ai pas envie de le lui demander. Tu sais comme c'est pénible de lui poser des questions, il te répond de telle manière que tu en sais encore moins qu'avant.

– C'est parce qu'il n'y a pas de boucherie casher ici à Cagliari qu'il ne mange pas de viande ?

– Je ne pense pas, il est végétarien parce qu'il ne supporte pas qu'on envoie les animaux à l'abattoir. Il s'attachait aux vaches de la ferme, quand il était enfant, et ensuite il voyait les camions les emmener à la mort.

– Ou peut-être que ça le fait souffrir de penser à ses grands-parents maternels qu'on a envoyés eux aussi à l'abattoir ? Et tu lui fais toujours des omelettes ?

– Je ne lui fais pas que des omelettes.

– Mais, est-ce qu'il est circoncis ?

– Je suis moins sotte que tu le crois. *Ficchetta*, tu ne m'auras pas avec tes questions pièges. »

Natasha non plus n'a pas bien pris la nouvelle. Elle est heureuse pour Johnson senior, et de son affection pour nous, ses seuls invités. Mais elle ne peut pas venir, son fiancé ferait ma connaissance et tomberait forcément amoureux de moi. Natasha dit que tous les amours ont une fin. La preuve, c'est que même celui de son père pour cette autre femme n'a pas duré. Ni celui du cuisinier pour la jeune et jolie serveuse. Celui du peintre pour la femme au rouge à lèvres, non plus. Elle répète qu'elle ne supportera pas d'autres adieux, et qu'elle doit se procurer une capsule de cyanure et la garder sur elle. Mais elle ne sait pas où en trouver. Natasha m'a fait jurer de ne rien dire à Johnson junior parce qu'il la prendrait pour une idiote, lui qui n'a jamais eu de problèmes et qui ne peut pas comprendre. J'ai juré, mais par précaution, j'ai couru tout lui raconter.

« Ah, c'est clair, tous les éléments d'une vraie tragédie sont réunis, a-t-il dit.

– Natasha a pensé prendre neuf gouttes de Bromazépam par jour, avant le concert, pour supporter l'idée que son fiancé me rencontre.

– Pourquoi n'en prend-elle pas quatre-vingt-dix, de gouttes, comme ça elle restera au lit, à la maison. »

Mais heureusement, il n'est pas sorti de ses gonds et je l'ai convaincu de la justesse de mon plan : je vais prétexter une aggravation de l'état de ma mère, je prétendrai que je dois passer quelques jours au village, et Natasha ira au concert tranquille, avec son fiancé.

« Tout le monde y sera, sauf toi. Omar est à Cagliari en ce moment, mais il rentre à Paris avec nous. J'étais si content de vous avoir tous réunis, pour une fois.

– Je ne peux pas causer plus de soucis à Natasha.

– Et Paris ?

– Ce sera pour une autre fois.

– Paris te plairait, c'est une ville pour toi.

– Plus que Cagliari ?

– Plus que toutes les autres.

– Que tu le penses me suffit. Quand une personne est sûre qu'une chose plaira à une autre personne, c'est qu'elle est attentive et qu'elle la connaît bien. Mais il y a un autre problème.

– Encore ?

– Anna ment sur son âge.

– Annina ? Mais Annina n'a même pas seize ans ! Et quel rapport avec le concert ?

– Le rapport, c'est que pendant le voyage, elle devra peut-être montrer ses papiers. Et si sa carte d'identité tombe sous les yeux de ton père ?

– Mon père ?

– C'est possible. Anna n'a pas eu le courage de te le dire, qu'elle mentait sur son âge. Elle te fait tout un tas de confidences, mais ça, elle n'a pas réussi.

– Mais quel âge a-t-elle ?

– Soixante-cinq.

– Elle est tout de même plus jeune que papa. Et quel âge a-t-elle dit qu'elle avait?

– Cinquante-cinq. Elle a même ôté sa chaîne de baptême parce que sa date de naissance y était inscrite.

– Et tout ça dans quel but?

– Pour que ton père s'imagine être avec une femme bien plus jeune que lui, pas juste un petit peu, une jeunesse, quoi.

– Ça vous arrive, de faire quelque chose normalement?

– Pas la peine d'utiliser le pluriel. Je n'ai rien à voir là-dedans. Je suis normale, moi. »

D'habitude, on croirait que Johnson senior se rase avec un silex, mais pour le concert, il est allé chez le barbier. Anna a retouché son *costume** comme il l'appelle, à la française, au lieu de dire *smoking*, comme nous autres. Il a répondu à Anna qui le lui faisait remarquer que sur scène, il se sent comme un clown, et que c'est donc bien d'un costume qu'il s'agit.

La veille, j'ai mis en scène mon départ dans l'urgence pour le village, et je les ai tous salués. Personne ne savait rien, à part Johnson junior. Je les ai épiés derrière la fenêtre entrouverte en pleurant, parce que je restais toute seule, comme Cendrillon avec la cendre du foyer. Giovannino est descendu le premier, à l'heure pile, à force de fixer le coucou de l'horloge, suivi de Johnson senior et de Johnson junior, qui a jeté un dernier coup d'œil aux bagages et donné un dernier coup de brosse à son père. Anna et Natasha sont sorties de Buckingham Palace dans une débauche chatoyante de fleurs, de pois et de carreaux multicolores. En bas, dans la cour, les attendaient deux jeunes gens. Je savais que l'un d'eux était le fiancé de Natasha, et l'autre, Omar, l'ami parisien. En les voyant arriver, sans entrer dans les détails, il sautait aux yeux qu'il y en avait un plutôt laid, brun, avec des traits de brute préhistorique, et un autre vraiment superbe, une sorte d'ange. J'ai compris pourquoi Natasha m'interdisait de voir son fiancé, même en cachette, j'ai compris sa jalousie, devant un si beau fiancé. Elle ignore qu'elle n'a rien à craindre de ma part, puisque j'aime Johnson junior et que je l'aimerai toujours. L'autre, le laid, était sûrement Omar.

Johnson junior a laissé tout le monde sortir, et il est resté dans la cour, devinant que je me cachais derrière mes volets. Quand il a été certain que les autres étaient tous dans la rue à attendre les taxis, il m'a crié : « Gribouille, pour moi non plus, Paris ne sera pas Paris sans toi ! » Il a embrassé sa main puis l'a agitée pour me saluer. J'étais pétrifiée par l'émotion, par le désir. J'ai mouillé comme jamais auparavant, même avec les revues pornographiques. Alors j'ai commencé à me masturber, jusqu'à trouver mon rythme, puis un plaisir violent. J'ai hurlé mais il ne m'est venu qu'un sanglot de bonheur. Maintenant, je me masturbe énormément. Je revois la scène. Johnson junior qui s'embrasse la main et me fait ciao, et le désir monte si fort que c'en est douloureux et je mouille et je cherche à retrouver ce plaisir violent.

Le concert de Johnson senior et de ses amis a été extraordinaire, pour la petite brigade de Cagliari et pour le public enthousiaste. Les applaudissements n'en finissaient plus. Ici, à la Marina, les journalistes se sont rués sur les commerçants pour avoir des nouvelles du grand artiste qui était introuvable. Tous ont dit clairement ce qu'ils pensaient de lui, quelle personne aimable il était, et n'ont pas mentionné le fait qu'il ressemble à un clochard dépenaillé. Les gens célèbres peuvent bien s'habiller comme ils le veulent et rouler dans n'importe quelle poubelle. Nous avons tous compris à quel point Mr. Johnson était grand, à quel point son public l'adulait et quel désarroi sa disparition soudaine avait suscité.

Annina n'arrête plus de parler de Paris, de ses cheminées, de ses toits pentus qui ont absorbé la couleur du ciel, d'un gris non pas triste mais gai, mêlé de bleu. Et les péniches? Les péniches lentes et silencieuses sur la Seine. Ah, Paris! C'était comme si elle y était née, à Paris!

Ils ont vu l'ancien appartement des Johnson, de l'extérieur, au troisième étage d'un immeuble du XVIIIe siècle près des Tuileries, avec des balcons en fer forgé et de lourds rideaux derrière les portes-fenêtres. Ils ont pris un train de banlieue pour aller voir la maison où habitaient Johnson junior et Giovannino avant leur installation à Milan, de l'extérieur aussi parce qu'ils l'ont mise en location en attendant d'y revenir. Un pavillon modeste, mais très français, entouré d'arbres et de pelouse.

Le concert s'est déroulé à merveille, sauf qu'Annina a eu très peur pour Levi qui jouait tout au bord de la scène avec ses lacets défaits, la scène était haute et à un moment donné, la pointe de sa chaussure s'est avancée dans le vide, au-dessus du précipice. Mais grâce à Dieu, Johnson senior a ensuite reculé pour revenir au centre de la scène, en sécurité.

12

Après que toute la presse a parlé du fantastique retour sur scène du grand Levi Johnson, la dame du dessus, Mrs. Johnson, s'est décidée à rentrer à la maison. Avec cet air épouvanté typique des femmes qui se sont fait tirer la peau. Ah ça, pour être belle, elle l'est. Mais cela a-t-il un sens de se faire entièrement refaire quand on ne veut personne autour de soi ? Je me le demande.

En arrivant, elle a découvert ce qu'elle a découvert, non seulement un vieux mari, mais son fils, son petit-fils, et une gouvernante se comportant comme si elle était chez elle.

Mrs. Johnson a sonné chez moi, elle s'est présentée, très élégante, le visage empreint d'une expression affligée. Elle respirait à grand-peine, une main posée sur son cœur.

« Excusez-moi, je ne vous dérange pas ? Je suis la dame du dessus.

– Bien sûr, nous nous sommes déjà croisées.

– Tout d'abord, merci. On m'a dit que c'est vous qui avez pris soin de mes roses. Ce sont des hybrides du XIXᵉ siècle, je les ai fait venir de France, des Bourbon, des Madame Pierre Oger, des Louise Odier.

– Entrez, puis-je vous offrir quelque chose ?

– Non merci, a-t-elle lâché d'une voix pointue, exaspérée. J'ai vu que la dame du dessous travaillait chez moi. Je ne me souvenais pas d'elle, mais dès que je suis entrée, je l'ai reconnue, à ses tenues à pois, à carreaux et à fleurs qui agressent les yeux, vous ne trouvez pas ? Elle a été très efficace, tout est propre et en ordre. Sauf qu'elle m'a planté des marguerites sur la terrasse, et que ce sont des fleurs très vulgaires qui sentent mauvais. Enfin, merci encore d'avoir soigné mes roses. »

Elle m'a serré la main et elle est partie.

Sous n'importe quel prétexte, elle vient sonner tous les jours à ma porte.

« Entrez, lui dis-je. Venez vous asseoir un moment.

– Oh, ne vous dérangez pas ! » Et elle reste plantée sur le palier.

Un jour, elle a finalement accepté mon invitation, je l'ai fait asseoir sur le canapé de peluche rouge, dans le salon qui donne sur la rue, parce que de la cuisine, sur la cour, elle aurait pu voir Buckingham Palace, ce qui me contrariait.

« J'ai lu des articles sur le concert de mon mari dans les journaux. Mais les journalistes racontent des bêtises. Il n'a jamais été dépressif. Simplement, il vit dans un monde imaginaire et se sent mal quand le monde réel s'en éloigne. Il a décidé de ne plus jouer en public et de ne plus enregistrer de disques parce que le succès l'indiffère. S'il avait voulu se produire sur scène, on lui aurait déroulé le tapis rouge à New York, à Tokyo, à Paris et dans le monde entier. À la grande époque, quand on venait le chercher en limousine, il disait qu'il n'aimait pas être transbahuté. Transbahuté ! Dans des limousines ou, en train, dans des wagons de première classe ! Il refusait de s'éloigner de son fils, que nous avions eu après de nombreuses années de mariage, il refusait de s'éloigner de la salle de bains carrelée et des petits animaux en caoutchouc sur le rebord de la baignoire. Savez-vous qu'il est le fils d'une famille pauvre, pauvre et mal dégrossie ? À l'exception de sa mère : elle devait être raffinée, du temps où elle vivait à Paris. Elle étudiait le violon, mais à cause de l'occupation nazie, elle fut envoyée en Amérique chez des cousins, des Juifs émigrés longtemps auparavant. Quand j'ai fait sa connaissance, elle avait perdu beaucoup de son élégance, bien sûr, mais on voyait qu'elle avait eu de l'éducation. En ce qui me concerne, j'aurais préféré les chambres à gaz aux bouses des vaches de l'Oklahoma. Mais elle avait l'air heureuse, elle semblait ne rien regretter.

– Regretter les chambres à gaz ? »

Elle n'a pas répondu à ma question et elle a poursuivi.

« Celui qui est devenu mon mari avait obtenu une bourse d'études pour l'université où l'on m'avait envoyée, de Sardaigne. Nous avions seize ans quand nous nous sommes connus. J'étais sous le charme. Folle de lui. Il jouait du violon. Mais à l'époque déjà, il était bizarre. Il fraternisait avec ses rivaux de l'orchestre. Il ne parlait jamais de lui-même avec conviction. S'il était question d'être choisi pour un événement important, il prenait toujours le parti des autres. Il n'aimait pas gagner. Quand son moment de gloire est passé, il s'émouvait des succès d'un ami, découpait l'article et le conservait jalousement. Combien de fois les lui ai-je arrachées des mains, ces maudites coupures de presse, pour les déchirer en morceaux.

– Johnson senior n'a aucune mauvaise pensée, pour lui, le monde n'est que bonté, comme pour Giovannino, qui tient de son grand-père.

– Il ne peut rien tenir de son grand-père, il ne le fréquente que depuis quelques mois.

– C'est l'ADN qui compte. Vous l'avez entendu jouer du violon, votre petit-fils ? Certains talents sont héréditaires.

– C'est cela, héréditaires... Pourtant, j'étais heureuse, moi, de parcourir le monde, vous parlez d'un transbahutement. Nous avons même vécu à New York, car je voulais que mon fils se sente américain et qu'il étudie en Amérique, et l'Amérique l'a abîmé. »

La dame du dessus descend désormais chez moi en tenue négligée, des pantoufles aux pieds, fort jolies cependant, à talons hauts et ornées de duvet d'autruche. Elle a les yeux barbouillés de maquillage, je vois bien qu'elle a pleuré.

Je suis tentée de la laisser plantée sur le palier, parce que je suis dans le camp d'Anna, mais elle me fait de la peine alors je l'invite à entrer et à s'asseoir sur le canapé de peluche rouge, et je lui demande ce que je peux lui offrir.

« Mais qu'est-ce que c'est que cette histoire avec la dame du dessous qui vivait chez moi et qui, quand je lui ai proposé généreusement de rester comme gouvernante, a pris ses cliques et ses claques et est rentrée chez elle ? Qu'est-ce que je lui ai fait ? Elle n'est tout de même pas devenue la maîtresse de mon mari ? C'est une vieille, elle aussi, comme moi. Mais qu'est-ce qu'elles veulent, maintenant, aller contre la nature ? Agir en dépit du bon sens ? Faire des bébés ? Être ce qu'elles ne sont plus et ne seront jamais plus ? Et mon fils ? Contre-nature, lui aussi. Sans avenir. Tous sans avenir. Père, fils et petit-fils, pauvre innocent. C'est difficile, croyez-moi, vraiment difficile, d'aimer quelqu'un qui ne fait rien, absolument rien de ce qu'on voudrait qu'il fasse. J'en suis venue à songer au suicide. Je ne voulais plus entendre parler de ces trois-là. Pendant des mois, j'ai constitué un stock des somnifères que le médecin me prescrivait, en renonçant à les prendre chaque soir, dans l'idée de les avaler tous ensemble. Mais je les ai gardés trop longtemps, et quand j'ai décidé d'en finir, les cachets les plus anciens étaient périmés.

– Je vous en supplie, Mrs. Johnson, ai-je dit en lui prenant les mains, oubliez ce projet de suicide.

– Comment l'oublier, face à toutes ces choses contre-nature?

– Je ne comprends pas. Qu'est-ce qui est contre-nature?

– Il n'y a rien à comprendre. Ce sont des Américains. En Amérique, on n'accepte pas les choses comme elles doivent être. Mon mari n'est pas américain pour rien, et mon fils n'est pas le fils d'un Américain pour rien. »

13

Un beau jour, Mrs. Johnson s'est présentée à ma porte en disant: «Ciao! Est-ce qu'on peut se tutoyer?

– Bien sûr, entrez. Je veux dire, entre. Non. Je n'ai pas le tutoiement facile. Disons que vous me tutoyez, et que je vous vouvoie.

– Je viens te déranger parce qu'une chose m'est venue à l'esprit, qui me tourmente, et dont je ne peux parler à personne.»

Alors nous sommes allées nous asseoir comme d'habitude sur le canapé de peluche rouge.

«Sais-tu garder un secret?

– Oui.

– Tu me le promets?

– Je vous le promets. Mais pourquoi me faites-vous des confidences à moi, Mrs. Johnson?

– Je n'ai personne d'autre à qui parler.

– Vous n'avez pas d'amis, ici à Cagliari?

– Je connais beaucoup de monde mais je n'ai aucun ami. Et puis tu ressembles à une personne qui m'est chère, mais c'est ridicule.

– Ridicule?

– Tu ressembles à la fille que j'aurais voulu avoir, blonde, pâle, sage, élégante, avec une besace bourrée de livres.

– Maladroite, aussi.

– Je m'en suis aperçue.

– Comment?

– À l'odeur de brûlé qui monte de la fenêtre de ta cuisine. Au vacarme que font les casseroles qui t'échappent des mains. À la façon dont tu étends ton linge. Et, sans vouloir t'offenser, à ce que tu m'offres quand je viens te voir.

– Je ne vous offre que du thé.

– Justement.

– Vous ne voulez donc pas que je fasse un thé?

– Non, merci. J'ai à te parler. Reste assise. Tu me jures de garder le secret?

– Je vous le jure.

– À soixante-cinq ans passés, mon mari a été pris d'envies nouvelles, de certaines lubies. Il s'est mis à acheter des revues cochonnes, tu vois. Il prétendait que je fasse ce que montraient ces images. "Mais je suis vieille, lui disais-je, je suis défaite. Il fallait y penser avant. Et puis, n'était-ce donc pas assez bien, entre nous? N'est-il pas temps de nous reposer, à présent, de devenir bons amis? N'est-ce pas ainsi pour tous les couples, après cinquante ans de vie commune?" Je suis sûre que la dame du dessous est sa maîtresse, et je devine même pourquoi: elle doit le faire, elle, ce qu'il y a dans ces revues dégoûtantes. Quelle honte. Elle est vieille, elle aussi. Elle croyait pouvoir régner sur l'étage du dessus? Elle pensait que je ne reviendrais pas?

– Elle ne pensait rien du tout. Anna est la personne la plus naïve que je connais.

– Un pur calcul de putain. Sais-tu que sa mère aussi était une putain? Tout le monde le sait à la Marina.

– Ce n'est pas une putain, et je vous assure qu'elle est incapable de faire des calculs.

– Tu es trop jeune pour comprendre certaines choses. Si tu avais feuilleté ces revues, tu saurais un peu mieux de quoi je parle.

– Je les ai feuilletées, ces revues.

– *Mon Dieu*!* Pauvre petite. De telles images, à ton âge.

– Je rassemble des informations sur le sexe depuis la catastrophe. Johnson senior n'y est pour rien.

– *Mon Dieu!* Quelle catastrophe?

– Celle qui est arrivée à mes parents. J'avais entendu dire que l'étudiante dont mon père était tombé amoureux, et à cause de laquelle il s'est suicidé, était une machine de guerre sexuelle. Plus tard, après la mort de Lady Diana, j'ai lu dans un journal que si le prince Charles avait préféré cette Camilla, pas bien jolie, à sa superbe épouse, c'était encore à cause du sexe, que le roi Édouard VIII d'Angleterre avait renoncé au trône pour l'amour d'une roturière, Wallis Simpson, et que la Wallis en question l'avait séduit grâce à un savoir-faire appris dans une maison de tolérance à Shanghai. Je me suis dit que si j'apprenais moi aussi ce savoir-faire, on ne me quitterait jamais pour une autre, comme c'est arrivé à ma mère. Je me souviens que l'étudiante était vilaine, et qu'elle avait même un peu de moustache qui piquait quand elle m'embrassait. Et pourtant. Je suis curieuse de tout ce qui peut me mettre sur la voie de la maison de tolérance où Wallis Simpson a séjourné, à Shanghai.

– Ton amie la putain, cette salope, doit certainement en connaître le chemin. »

Je me suis levée d'un bond, pour l'inviter à partir, mais elle a éclaté en sanglots, alors je lui ai dit qu'elle pouvait rester aussi longtemps qu'elle le souhaitait, à condition de ne pas médire d'Anna.

«Tout est à moi, tu le sais? a-t-elle repris. Mon mari n'avait qu'une seule maison à lui, au bord de la mer, dans l'un des coins les plus chics de la Sardaigne. Une très belle maison, c'est moi qui l'avais poussé à l'acheter, à l'époque où le violon rapportait. Car c'était un grand violoniste. Hélas, il ignore les bonnes manières, et il ne résiste pas à ses pulsions. S'il s'ennuie, il s'endort devant la personne qui lui parle. Et l'argent qu'il gagnait, il le dépensait n'importe comment, bien des gens avaient compris qu'il suffisait de lui en demander pour en obtenir. Il n'est resté que ce qui m'appartenait. Je me suis souvent demandé s'il était vraiment généreux. Ou seulement stupide. Enfin, cette maison, j'avais réussi à la lui faire acheter. Mais là-bas, il restait cramponné aux récifs, à chercher des patelles, dédaignant la plage alors qu'il y avait là des personnes importantes qui auraient tant voulu le saluer. Je gesticulais en l'appelant. Les récifs étaient proches, et lui faisait semblant de ne pas m'entendre. Il ne revenait au parasol que quand l'enfant arrivait, et c'était pour jouer avec lui. Ils se roulaient dans le sable, ils bâtissaient des châteaux, et quand quelqu'un s'approchait, il se concentrait sur une tour, un petit pont, des créneaux. Quand on nous invitait, il me disait: "Mais qu'est-ce que tu vas donc faire dans cette galère?" J'y allais seule, mais par amour pour lui. Quelles fêtes! Pour y arriver les arbres étaient si hauts et leurs cimes si entrelacées qu'en cheminant sur les allées de gravier, on ne voyait le ciel que par petits fragments. Puis il s'ouvrait tout grand et l'on se retrouvait sur une pelouse tondue à la perfection, avec des massifs de fleurs colorées et des tables dont les nappes de dentelle gonflaient sous la brise, et les serviteurs arrivaient avec leurs plateaux chargés de coupes en cristal. J'obtenais un ou deux contacts pour des concerts, et je rentrais à la maison enthousiaste, et je lui racontais la soirée. Mais il disait qu'aucun d'eux n'était venu l'écouter jouer, qu'ils avaient simplement dû lire dans la presse ou entendre à la télé qu'un violoniste américain s'était installé en Sardaigne par amour. Il m'a convaincue de la vendre, cette maison, pour acheter un cabanon sur une petite île de pêcheurs, où l'on accoste après un voyage en bac, tourmenté par le vent. Notre cabanon était entouré de plages tranquilles, on y accédait par un des portails qui s'ouvrent dans de longs murs blancs, enfouis dans le maquis épineux. Je me souviens avec dégoût des figues violettes, écrasées par terre et, à part les cigales, du silence absolu, angoissant. L'île est très belle. Mais je ne l'aimais pas. Par endroits, l'eau est d'un bleu-vert foncé, et les fonds marins sont magnifiques, mais je déteste me baigner là où on ne peut poser le pied nulle part sans se blesser sur la roche, il faut nager sans cesse, car sortir de l'eau est toute une affaire. Une petite île dont le paysage change complètement en l'espace de quelques kilomètres. Avec de ces routes étroites, creusées dans la falaise, qui grimpent en se cabrant puis filent, droites comme des pistes d'atterrissage, sur les roches noires, surplombant la mer. Quel vertige ! Certains rochers argentés semblent des cratères lunaires. Une désolation d'une autre planète. Je n'aime pas les récifs escarpés et malcommodes. Je préfère ces plages rondes, douces et odorantes, mais mon mari refusait d'y aller, car bien sûr, c'étaient les plus fréquentées. Et le ciel, toutes ces étoiles, les étoiles l'enchantaient et il jouait du violon pour les étoiles, mais moi ça m'ennuie de rester le nez en l'air. Il fallait le voir, mon mari, si gauche et maladroit sur la terre, comme il bougeait bien parmi les poissons et les jardins sous-marins, comme il s'élançait dans les vagues. J'en étais presque effrayée. Depuis, je pense qu'il se peut que Levi Johnson ne soit pas un terrien. Certains le prétendent, n'est-ce pas ? Que d'autres planètes nous envoient des Aliens pour nous espionner, ils sont en tous points semblables à nous, mais en les observant bien, on se rend compte qu'ils ne sont pas des nôtres. Lui pourtant, avait l'air complètement humain, et bon père, quand notre enfant est arrivé. La marmaille du coin pêchait à l'épuisette sur les récifs, jouait dans les rues ou sur la place, sous l'œil des petits vieux qui s'entassaient sur les bancs. Mon mari disait que c'était mieux pour notre fils, parce qu'à l'endroit d'avant, la mer était envahie par les bouées à grosses têtes d'animaux et par les canots, qu'on ne pouvait être tranquille que sous l'eau, et que, s'ils pullulaient ici, il n'y avait là-bas ni oursins ni patelles sur les récifs. Des oursins et des patelles, alors que nous pouvions nous permettre des langoustes. Sauf qu'il ne mange pas d'animaux évolués. On cuisine un excellent thon, sur cette île, mais à chaque fois que je m'en offrais une tranche au restaurant, il me bassinait avec la cruauté de la mise à mort et la souffrance de ces malheureux poissons. Et puis les conversations des citadins le dégoûtaient, tandis que les îliens ne parlaient que de barques en bois et lui apprenaient tout de la mer. Tant et si bien qu'il semblait un autre homme. Un vrai marin. Ce sont eux qui, sans doute, l'ont convaincu de jouer sur les bateaux de croisière. Aucun d'eux ne connaissait sa musique, mais ils ne prétendaient pas le féliciter, ils parlaient de tout autre chose, le matin ils descendaient à la plage en pyjama et j'ai vu de mes yeux des gens se baigner en sous-vêtements. Il s'était acheté une petite barque de pêcheur, alors que nous aurions pu nous payer un yacht.

– Vous étiez si riches ?

– Il y a si longtemps de cela que j'ai oublié comment c'était, d'être si riche. Quand nous avons eu fini de tout vendre, nous sommes venus nous installer ici, dans cette maison. Nous serons tout de même restés cinquante ans ensemble. Heureux, par moments. Et maintenant, je pense que j'ai aimé un extraterrestre. Quand les miens virent débarquer ce garçon américain, ils demandèrent, comme tout le monde, s'il était l'un des Johnson & Johnson. Apprenant qu'il ne l'était pas, ils furent contrariés et me dirent qu'il ne valait pas mieux qu'un Sarde. Mais j'étais amoureuse, ils savaient que j'avais du caractère et qu'il n'y aurait rien à faire. Nous n'allions presque jamais ensemble en Amérique, il rendait seul visite à sa famille, dans un endroit qui n'avait rien à voir avec l'Amérique véritable, un trou perdu avec quatre fermes puant la bouse de vache. Au printemps et à l'automne, nous vivions à Paris, et Paris était vraiment Paris, à l'époque. Excepté au début. C'est lui qui s'était installé le premier. Si tu avais vu la maison qu'il avait choisie, une vieille remise pour chevaux et carrosses dans une bâtisse du XVIIIe siècle, aménagée en loge de gardien. Levi n'aime pas posséder les choses, il ne s'attache qu'à celles dont les autres se détournent. Ses voitures ont toujours été des épaves, vous l'aurez tous remarqué. Bref, je suis arrivée et à côté de notre taudis sombre et humide, j'ai vu le hall du bâtiment principal, avec ses miroirs, son escalier en marbre et sa rampe en fer ornée de sarments et de grandes feuilles de vigne. Un seul appartement par étage. C'était la demeure qu'il nous fallait. Au téléphone, il m'avait décrit ces écuries comme un palace. Dans le premier arrondissement. Proche du Louvre et du jardin des Tuileries. Certes, mais cela restait une écurie restaurée. Et je ne te dis pas combien de discussions, d'efforts pour le convaincre d'abandonner son écurie pour monter au troisième étage, vers les étoiles. Mais il en gardait de la nostalgie et chaque fois qu'en sortant, nous passions devant la vieille loge, il ne manquait jamais de dire que tout de même, au fond, nous étions mieux là. Le fait est que mon mari et mon fils ont une heureuse nature et se contentent de peu. Ton amie, la dame du dessous, doit avoir la même, une extraterrestre elle aussi. Mais je ne te dérangerai pas plus longtemps, et puis je ne veux pas dire de mal de ton Anna, d'ailleurs, je ne sais même pas si elle est pour de bon la maîtresse de mon mari.»

Elle s'est levée du canapé, je l'ai accompagnée à la porte, elle m'a embrassée et s'est remise à pleurer, se mouchant sur la manche de sa robe de chambre.

Johnson junior m'a raconté que, le jour de son retour, elle est entrée dans l'appartement avec ses clefs et a fait le tour de toutes les pièces en passant devant son mari, son fils et la gouvernante comme s'ils étaient des meubles, sans daigner les saluer. Quant à Giovannino, ne le connaissant pas, elle l'a fixé de son regard noir. Après quoi, les mains jointes, elle a levé les yeux au ciel comme pour prier, l'air méprisant, avant de se retirer dans sa chambre et d'en verrouiller la porte.

Je lui ai demandé pourquoi sa mère disait qu'il faisait des choses contre-nature.

Il m'a répondu que la vie nous emplit le cœur et qu'on ne peut pas toujours la rejeter. Je n'y ai rien compris, et de toute façon, je crains que quelqu'un ne finisse par se suicider, dans cette histoire, par exemple la dame du dessus. J'ai peur qu'elle ne se remette à stocker ses cachets. Depuis que mon père l'a fait, j'ai la hantise que les gens tristes ne se tuent. Aujourd'hui encore, si une personne triste me demande de lui téléphoner, et qu'en le faisant je ne la trouve pas, je pense immédiatement à ses pieds, et je les vois dans une paire de souliers bien cirés qui pendent du plafond, après quoi je vois ces souliers vides. La mort, pour moi, c'est une paire de souliers vides.

Une nuit, n'y tenant plus, je suis allée frapper à la porte d'Anna.

« J'ai trop peur de la mort, lui ai-je dit.

– *Mischinedda!* » m'a-t-elle répondu, puis elle a étendu un drap sur le canapé, à Buckingham Palace.

Natasha, qui avait fait un mauvais rêve de jalousie, s'était elle aussi installée à Buckingham Palace, sur un autre canapé, pour ne pas donner de cauchemars à sa mère. Dans le noir, elle me l'a raconté.

« Nous étions à la plage mon copain et moi, avec un groupe de gens que je n'ai jamais vus, mais que je connaissais bien, dans mon rêve. Mon copain est resté en arrière avec une fille, et je me suis dit: "Je ne peux pas le fliquer de cette manière. Je ne peux pas rebrousser chemin. Qu'est-ce que ça peut faire s'ils marchent un moment ensemble?" Mais je ne les voyais pas arriver. Désespérée, j'allais partir à leur recherche quand la nana s'est pointée, toute seule. "On est tombés amoureux, elle m'a dit. – Où est-il? j'ai demandé. – Il est resté là-bas. Il n'a pas le courage de te le dire. Et je n'ai pas le temps de t'expliquer, là. Voilà mon numéro. Appelle-moi un de ces jours." »

Natasha pleurait à chaudes larmes.

« Si ça arrive, je me tue. »

Je suis allée m'asseoir sur son canapé.

« Ne dis pas des choses pareilles, tu ne sais pas ce que c'est un suicide, pour ceux qui restent.

– Il me faut du cyanure, par précaution. Je suis obsédée par l'idée que je n'en trouverai pas le moment venu, et que je devrai supporter de voir mon copain amoureux d'une autre.

– Bon. Demain, on en parlera avec Johnson junior, il te convaincra, tu verras.

– Il n'a jamais eu de problèmes, Johnson junior, il ne peut pas comprendre. »

14

Les dames du dessous et du dessus ont repris chacune leur place.

Annina a dû trouver en toute hâte un nouvel emploi de domestique, et met de nouveau sous sa langue une pastille pour son cœur. Elle sort à l'aube et rentre tard le soir, avec ses sacs de courses.

Johnson senior a l'air mortifié et, si la chose est possible, encore plus *fuliau de sa maretta*[1]. Comme les rideaux de Buckingham Palace sont toujours tirés, pour voir Anna, il se poste dans l'escalier de service à l'heure où elle rentre du travail et tente de lui prendre les lourds sacs des mains, mais elle les retient fermement en refusant son aide. Elle lui dit qu'elle n'est pas une briseuse de ménage, et puis elle se retire, digne.

Mr. Johnson rôde aussi devant l'arrêt où Anna attend l'autobus, il fait mine de passer là par hasard, au volant de sa poubelle, et lui propose de l'accompagner à son travail.

« Ne vous dérangez pas », répond Anna, qui s'est remise à le vouvoyer, et elle se détourne.

Elle reste là, assise sur le muret, les jambes pendantes, attendant son autobus et lasse, mélancolique, elle le regarde disparaître à bord de sa poubelle, puis elle éclate en sanglots.

---

1. « Rejeté sur la plage par la tempête. »

Ou alors il passe et repasse devant les boutiques où elle fait ses courses et, dès qu'il l'aperçoit, il entre et la supplie de le laisser s'expliquer. «Il n'y a rien à expliquer, répond-elle, tout est en ordre.»

Anna et Natasha ne laissent les rideaux ouverts que tôt le matin et je les vois prendre leur petit déjeuner. En silence, je le devine, la mère trempe de petits morceaux de pain dans son lait, le nez baissé sur sa tasse. Elle noue une serviette à son cou avant de manger, puis elle l'ôte dès qu'elle commence, une habitude de l'étage du dessus. Quand elle s'en rend compte, elle fond en larmes.

«Je lui parlerais bien, moi, à Levi, me confie-t-elle, c'est Natasha qui ne veut pas. Elle m'a menacée: "Si tu cèdes encore à cet homme, tu ne me reverras plus."

— Tu veux encore de lui alors que sa femme est revenue? Mais tu dis toujours que tu n'es pas une briseuse de ménage.

— Je le voudrais même pour une heure ou deux, pour quelques minutes seulement. Mais où aller? Il pourrait descendre à l'étage du dessous, si Natasha ne me surveillait pas, et elle est capable de demander un congé au travail rien que pour débarquer ici à l'improviste.

— Je croyais que c'était surtout l'appartement du dessus, qui t'intéressait.

— Avec lui, je serais heureuse même dans le taudis où je vivais avec ma mère, à la Marina.

— Eh bien, Annina, c'est à toi de décider. Tu dois dire à Natasha que ce ne sont pas ses affaires. De quoi t'accuse-t-elle? Qu'est-ce qu'elle attend de toi?

— Elle voudrait une mère normale.

— Qu'est-ce que c'est, une mère normale?

— Une mère qui, à mon âge, ne rêve plus d'amour, ni de bonheur. Elle m'accuse d'avoir la tête farcie de contes de fées, et d'avoir tenté, en vain, d'en farcir la sienne.

– Mes parents m'en racontaient sans cesse, des contes de fées et des comptines. Les contes me plaisaient parce qu'ils finissaient bien, et les comptines parce que le monde y était à l'envers, et ravi de l'être. Que serait l'enfance, sans contes de fées ni comptines ?

– C'est vrai. Ma mère ne me racontait jamais rien, mais les femmes de la Marina, elles, si. Les rares dames riches qui vivaient là m'achetaient même des livres. Magnifiques. Je les ai encore, dans ce coffre.

– Je croyais que tu y gardais ton argenterie.

– De l'argenterie ! *Gioja !* Chérie, tu te moques de moi ?

– Tu me les montres ? » Et j'ai fait le geste d'ouvrir le coffre.

« Non. Non. Ce coffre, personne n'y touche.

– Et à Natasha, tu les as lus ?

– Bien sûr, mais elle n'aimait pas cela, elle disait que ce genre d'histoires n'arrivaient jamais et elle me regardait, méfiante, avec un air accusateur. Elle m'en veut de ne pas avoir su lui donner une famille normale, en gardant mon mari.

– Mais puisque c'est lui qui t'a quittée !

– Même si elle était petite, elle comprenait peut-être que je n'aimais pas son père.

– Tu le maltraitais ?

– Non, penses-tu ! Je faisais tout mon possible pour entrer dans cette chaussure trop étroite qu'était mon mariage. Je me suis même raboté les orteils, comme les belles-sœurs de Cendrillon, pour faire entrer leur pied dans la pantoufle et épouser le prince. Mais rien n'y a fait. Avant de me marier, j'ai eu de nombreux fiancés, qui m'ont tous quittée à un moment donné, sans m'expliquer pourquoi. Le seul qui a été sérieux avec moi était le seul qui ne me plaisait pas du tout, mais j'avais trente-cinq ans, et pour une vie normale, il était déjà tard. Natasha a toujours senti la vérité, même si personne ne la lui a jamais dite. Johnson junior dit qu'il nous faut comprendre qui nous sommes et dans quelles chaussures peuvent entrer nos pieds. »

Je les vois de mes fenêtres sur cour se confier l'un à l'autre, Johnson junior et Annina. Ils se voient en tête à tête et s'assoient à l'une des tables de Buckingham Palace. Quand il est là, Annina laisse les rideaux ouverts, parce qu'elle se sent à l'abri de toute attaque éventuelle de sa fille. Elle prend le vase en cristal de Bohême, l'une des nappes au crochet, ses tasses de porcelaine, et elle met la table. Je les vois, assis l'un en face de l'autre, discuter à bâtons rompus.

Parfois, Anna fixe les objets.

« Elle n'est pas un peu ridicule, cette pièce ? me demande-t-elle. Est-ce qu'on ne dirait pas une *bidduncula*[1] endimanchée ? *De fai morri de s'arrisu*[2] !

— Elle est très belle et très raffinée, mens-je.

— Tu as vu, maintenant, à l'étage du dessus, il y a de nouveau une bonne en uniforme, et pour son petit-fils, Mrs. Johnson a engagé une nounou avec un tablier bleu et un bonnet blanc. Mais un garçon qui s'est élevé tout seul, comme Giovannino, n'a pas besoin d'une nounou ! Il y a eu des hurlements bestiaux entre Johnson junior et sa mère, et il n'a plus été question de nounou. »

Pour Natasha aussi, les difficultés continuent. Son fiancé a trouvé un nouveau travail où il est en contact avec beaucoup de femmes.

---

1. « Paysanne ».
2. « À mourir de rire ! »

En allant boire un verre d'eau dans la cuisine, une nuit, j'ai vu que les lumières étaient allumées à Buckingham Palace. À trois heures du matin. J'ai attendu un peu, mais elles ne s'éteignaient pas et j'entendais des pleurs, des sanglots. Alors j'ai pensé au cœur d'Anna, et je suis allée frapper à sa porte. Mais c'était Natasha qui avait fait encore un mauvais rêve de jalousie, un cauchemar, horrible. Son fiancé était dans une pièce avec une collègue, se tenant la tête entre les mains, comme désespéré. Quand Natasha était entrée, il l'avait toisée avec mépris, avait fourré ses doigts dans ses narines avant de la bombarder de crottes de nez, elle s'était enfuie, puis réveillée, et ses sanglots éperdus avaient effrayé sa mère.

Elle me fait de la peine, je crois qu'elle devient folle, comme ma mère, qui plus est, à cause d'une peur imaginaire. Je lui ai proposé d'appeler Johnson junior, même s'il était trois heures du matin, car je savais qu'il trouverait les mots justes. Mais Natasha n'a rien voulu savoir, répétant que Johnson junior n'a jamais eu de problèmes, ayant eu une vie facile, lisse comme une route de plaine sans cailloux, et qu'il ne peut pas comprendre.

15

La dame du dessus n'est pas sûre, tant cela lui semble incroyable, de ce qui s'est réellement passé entre son mari et la dame du dessous. Pour en avoir le cœur net, elle pourchasse Anna qui fait la morte et, quand ses rideaux sont ouverts, puisqu'elle ne peut pas toujours laisser la lumière allumée, se cache derrière un meuble.

Alors, Mrs. Johnson vient chez moi et je prends soin de ne pas la laisser entrer dans la cuisine d'où l'on voit parfaitement si Anna, se croyant hors de danger, est là ou non.

Mrs. Johnson parle sans cesse de Paris. De la belle époque où ils vivaient là-bas, du succès qu'aurait eu son mari s'ils y étaient restés, au lieu de quoi il avait voulu rentrer en Sardaigne, où l'on ne devrait aller qu'en villégiature.

Un jour que j'étais chez Anna, juste à côté de la porte-fenêtre de Buckingham Palace, Mrs. Johnson nous a vues et Anna n'a pas pu lui échapper. Naturellement, il a été question de sa belle vie d'autrefois à Paris, et de la tristesse de son existence à présent. Anna se sentait si inférieure à la dame du dessus qu'elle aurait préféré ne pas avoir à l'écouter. Elle l'écoutait, cependant, car Paris est tout de même Paris, et elle aurait aimé lui raconter elle aussi qu'elle avait vu les cheminées et les toits se fondre dans la teinte ardoise du ciel, mais elle craignait de la blesser, *mischinedda*, car était-ce sa faute si elle était à ce point différente de son mari ? Ainsi, Paris restait tout entière enclose dans la sonorité des mots mystérieux de Mrs. Johnson, qui souvent, au dîner, sert de la *soupe à l'oignon**, une bête soupe à base d'oignons, et rien d'autre.

« La *soupe à l'oignon*, soupire Annina, ah, la *soupe à l'oignon* ! »

Et puis elles ont parlé du vent qui, à Cagliari, est un sujet de conversation comme le temps l'est à Londres. Anna disait qu'elle ne pourrait pas vivre dans un endroit où le linge ne flotte pas au vent, tandis que Mrs. Johnson ne le supporte pas parce qu'il bouleverse tout.

Mrs. Johnson semble avoir oublié l'entrée principale sur la rue et n'emprunte plus que l'entrée de service, sur la cour intérieure, elle passe donc devant la porte d'Anna et s'y arrête, bien qu'on la laisse la plupart du temps plantée sur le palier. Quand elle s'en va, si d'aventure je suis là, Anna et moi échangeons un regard pour nous dire qu'au fond, Mrs. Johnson n'est pas si odieuse que ça. Une fois, elle nous a même chanté une chanson en français, *Milord*, d'Édith Piaf, un peu ridicule, certes, mais tendre, aussi. Anna la connaissait en italien, c'était une chanson de leur jeunesse, et les voilà toutes les deux à chanter. « *Aaaallez venez, Milord, vous asseoir à ma table, il fait si froid dehors, ici c'est confortable !* » roucoulait Mrs. Johnson. Et Anna : « *Allez venez ! Milord, vous avez l'air d'un môme, laissez-vous faire, Milord, venez dans mon royaume ! Je soigne les remords, je chante la romance, je chante les milords, qui n'ont pas eu de chance…* » Toutes deux lançaient un message d'amour à Mr. Johnson, l'une offrait le confort, l'autre la consolation de ses peines, et son royaume.

Je crois que si l'on veut qu'une personne nous reste antipathique, il nous faut absolument refuser de la connaître.

Mrs. Johnson, par exemple, n'est pas méchante, c'est seulement une personne de bon sens. Mais je n'admire guère le bon sens. À l'école primaire et au collège, tous les parents pourvus de bon sens avaient interdit à leurs enfants de faire leurs devoirs avec moi. Les choses ont changé au lycée, surtout la dernière année, avec tous ces écrivains et ces poètes fous et suicidaires que pourtant nous étudiions et nous aimions, et je me suis fait un ou deux amis, même s'il était un peu tard, et que l'idée d'être une paria, une laissée-pour-compte, m'était déjà entrée dans la chair. Quoi qu'il en soit, ces écrivains m'ont fait tant de bien, je leur en suis si reconnaissante, qu'au lieu de m'inscrire en botanique, où j'aurais été très calée, grâce à mon jardin, j'ai choisi les lettres.

Ainsi, tout est rentré dans l'ordre, Mrs. Johnson à l'étage du dessus, et Anna à l'étage du dessous.

Mrs. Johnson exige le silence absolu, elle porte l'index à ses lèvres en faisant « *chut!* » quand Giovannino fait ses devoirs, lui qui a toujours étudié sans problème même quand on passait l'aspirateur. Elle fait peut-être « *chut! chut!* » mais elle hurle sur son fils sous des prétextes futiles, dit Johnson junior, et lui s'en va en claquant la porte et dévale les escaliers.

Quand on s'est habitué à une chose, qu'on vous souhaite une bonne nuit, par exemple, on s'y attend, et la chose se produit, ponctuelle, chaque soir. Un beau jour, ou plutôt un jour funeste, le signal n'arrive pas et on l'attend, on l'attend en se désespérant.

Un jour Johnson junior m'avait donné rendez-vous, il n'est pas venu et ne répondait pas sur son téléphone portable. Prise d'un mauvais pressentiment, je suis allée chez lui, mais personne ne savait où il était. J'ai demandé à Giovannino de partir avec moi à sa recherche, et nous sommes sortis, tandis que je l'appelais compulsivement sur son portable, en vain. D'après Giovannino, son père devait être au port.

C'était un après-midi pas du tout printanier, humide et poisseux, il bruinait. Non loin d'une file de voitures prêtes à embarquer sur un bateau, j'ai aperçu Johnson junior.

«C'est Omar! s'est écrié Giovannino, enthousiaste. Dans la voiture!»

Et il a lâché ma main d'un geste décidé, comme pour courir vers eux. Puis il l'a reprise d'un geste tout aussi décidé, en me regardant avec bienveillance, tendresse et compassion, m'a-t-il semblé.

Son père et le jeune homme dans la voiture se fixaient en silence, et Johnson junior avait l'air absorbé, au désespoir. Puis le jeune homme s'est rué hors de sa voiture pour le prendre dans ses bras, et ils se sont embrassés à pleine bouche. Omar n'était pas celui que j'avais cru, c'était l'ange magnifique que j'avais pris pour le fiancé de Natasha.

C'est ainsi que tout s'est envolé, comme les beaux rêves, au réveil. Je restais pétrifiée, devant ce bateau que j'avais tout fait pour maintenir à flot mais qui coulait à pic parce que sa coque faisait désormais eau de toutes parts.

Il s'était mis à pleuvoir pour de bon, mais je n'ouvrais pas mon parapluie. Giovannino l'a fait de sa main libre, car de l'autre, il tenait la mienne fermement.

Quand son père nous a vus, il est sorti de ses gonds. Il m'a saisie par le bras.

«Ne t'amuse pas à esquinter mon fils en lui mettant dans la tête tes angoisses d'abandon. Inutile de venir me chercher. Je ne vais pas disparaître. Je ne fais pas partie de ta famille. Je suis un homme heureux, moi, je ne fais pas de drames, je ne me suicide pas.

– Laisse-la tranquille ! Elle n'esquinte personne ! »

Giovannino lui donnait des coups de poing sur le bras. Alors, son père a ajusté le tir.

« Ne t'inquiète pas. Il ne m'arrivera rien. Je suis heureux et serein, parce que le monde, je l'habite du mieux que je le peux. »

J'ai marché longtemps sous la pluie, seule, je voulais me tremper, attraper une broncho-pneumonie, retourner au port en courant, poser mon manteau quelque part et couler à pic, comme mon rêve.

Quand je suis rentrée à la maison, bien plus tard, j'ai trouvé un billet de Johnson junior sous ma porte : « Tu as vu, Gribouille, que ce pénible après-midi, humide et gris, est passé, et que les étoiles se mettent à briller dans le ciel, à travers la brume ? C'était le versant tragique de la vie. Tu es déjà passée sur l'autre versant. »

À l'étage du dessus, les jours suivants, les portes ont claqué. Mrs. Johnson et son fils jouent à celui qui les claquera le plus fort. Johnson senior et Giovannino cherchent à les calmer.

Johnson junior est déjà dans l'escalier, sa mère rouvre la porte qu'il vient de fermer à la volée et l'insulte certainement, les dents serrées, car j'entends Johnson junior dire :

« Qu'est-ce que tu as dit que je suis ?

– Tu m'as très bien comprise ! »

Un de ces jours-là, il est parti, en emmenant Giovannino.

Le même jour, Anna s'est rendu compte qu'elle ne pouvait plus travailler.

Pour la première fois, je l'ai vue se sentir vraiment mal. Après avoir balancé ses commissions par terre, elle s'est écroulée dans un fauteuil, sans plus pouvoir se relever. Elle essayait, et s'écroulait à nouveau.

« Promets-moi que tu convaincras Natasha de ne pas me faire opérer, tu ne les laisseras pas m'envoyer à l'hôpital, n'est-ce pas ? Je ne veux pas vivre à n'importe quel prix. Ceux qui veulent forcer les autres à vivre sont plus redoutables que les maladies. »

À plusieurs reprises, j'ai entendu les pieds de Mrs. Johnson, dans ses souliers Chanel, s'approcher de ma porte. Elle a frappé. Je n'ai pas ouvert. Au fond de mon cœur, je la tiens pour responsable de l'effondrement d'Anna et de la fugue de Johnson junior et de Giovannino.

Mais elle se pendait à la sonnette, et ça n'arrêtait plus. Je suis restée figée sur le seuil.

« Il est clair qu'aux yeux de tous, c'est moi la méchante, commence-t-elle. La sorcière qui abandonne son mari et chasse son fils et son petit-fils de chez elle. Même si mon mari, à plus de soixante-dix ans, s'est comporté comme un gamin en s'en trouvant une autre. Passe encore que je n'en sois pas morte, ni devenue folle de douleur, mais là, c'en est trop. Et tant pis si mon fils, homosexuel, s'obstine à vouloir devenir père et, la chose étant impossible en Italie, parte en Amérique, fasse congeler son sperme et loue l'utérus d'une femme pour cent mille euros. Je souligne que ces cent mille euros sont une partie de ce qu'il a tiré de la vente de l'appartement des Tuileries à Paris. Celui de sa méchante mère. Qu'est-ce que tu penses de ça ? Mon fils est l'unique homosexuel connu à avoir de mauvaises relations avec sa mère et d'excellentes avec son père. Toutes les études sur ce sujet évoquent le contraire. Voilà, il fallait que mon fils constitue l'exception, et cette exception-là devait tomber sur moi. Et ces autres études sur les hommes qui n'y arrivent plus, après soixante-cinq ans, à cause de leurs problèmes de prostate. Mon mari s'est réveillé précisément à cet âge-là. C'était un homme normal, paisible, il a viré au maniaque. Encore une exception qui, naturellement, m'est tombée dessus.

« Ça tombe toujours sur moi. Qui a jamais vu une Sarde riche avec un Américain pauvre ? »

Je l'invite à entrer et je m'écroule sur une chaise.

Mrs. Johnson s'écroule aussi sur une chaise et continue à parler toute seule.

« Pauvre Giovannino, qui l'invitera, qui voudra jamais être son ami ? Quelle enfance aura-t-il ? Un paria. Un laissé-pour-compte. Élevé par des homosexuels, un petit Tarzan éduqué par des singes. »

Même si je suis ravagée par la déception, je sais qu'elle a tort, d'abord parce que les homosexuels ne sont pas des singes, ensuite parce que les enfants d'hétérosexuels peuvent aussi être rejetés par les autres et enfin, parce que Giovannino est l'enfant le plus invité et courtisé de sa classe. À l'école, on lui confie les gamins les plus infernaux, les plus agités, qui ne s'entendent qu'avec lui, et les parents demandent à sa maîtresse :

« Pourriez-vous installer mon enfant à côté de Giovannino Johnson ? »

Mrs. Johnson parle toute seule de son fils et du fiancé parisien de celui-ci.

« Il m'a gâché Paris. Je ne veux même plus en entendre parler. Notre bel appartement, vendu. Pour faire un enfant à tout prix. Un malheureux. Pour s'acheter un pavillon en banlieue. »

Avant, le soir, nos fenêtres illuminées sur la cour me remplissaient de joie, maintenant elles me chagrinent et je crois que tout le monde se sent seul, dans ces rectangles de lumière artificielle. Même Paris ne me fascine plus, et je trouve que Giovannino vaut bien un appartement aux Tuileries.

Quelques jours plus tard, Johnson junior et Giovannino sont rentrés. Son père prétend que le petit était fatigué et qu'il avait grand besoin d'un peu de vacances, et surtout d'échapper aux griffes de sa grand-mère, mais l'année scolaire n'est pas terminée et son sens du devoir tourmente Giovannino.

Johnson junior passe tous les jours chez Annina, et je le vois de ma fenêtre qui parle en gesticulant, sûrement pour la convaincre que tout se passera pour le mieux. Grâce à un ange gardien, sans doute. Il a toujours eu foi en eux, et la preuve de leur existence est l'ange de son père, pour lequel Johnson junior nourrit une grande admiration. C'est l'ange le plus stressé et le plus efficace de tout l'au-delà, affirme-t-il, toujours en train de courir d'un côté ou de l'autre pour remédier à la distraction de son cher protégé Levi Johnson, même s'il est juif et non chrétien.

« Mais qu'est-ce que tu y connais, aux anges, toi qui ne vas jamais à l'église ! Quel irrespect ! lui dit Anna.

– Pourquoi l'Église ne s'en tient-elle pas à la parole de Dieu ? C'est l'Église qui est irrespectueuse ! »

Je croyais que Johnson junior essayait de convaincre Anna qu'elle vivrait longtemps. Mais non. Il la prépare à mourir. Anna craint que l'au-delà n'existe pas. Maintenant qu'elle ne travaille plus, elle a tout le temps de lire et dans une revue, elle a lu que nous, les êtres humains, ne pouvant supporter l'idée de la mort, nous avons inventé Dieu. En vérité, pense Annina, nous sommes capables d'inventer tout ce dont nous avons besoin. Ce fut le cas pour le feu, l'agriculture, l'écriture et les machines, non ? Alors pourquoi pas Dieu ? Johnson junior, qui est croyant, la réfute point par point. S'il est vrai que les êtres humains inventent ce dont ils ont besoin, au fond, en y réfléchissant bien, ils n'ont rien inventé qui n'existe déjà. Les plantes ne poussaient-elles pas avant que l'homme ne les cultive ? Et le feu produit par la foudre ? Et le langage précédant l'écriture ? Et le charbon avant la machine à vapeur ? En somme, les hommes ne créent rien en partant du néant. Nous ne pouvons avoir inventé Dieu d'après rien, il existait donc avant qu'on ne l'invente. Donc il existe !

Maintenant qu'elle est alitée, Anna me lance des « apporte-moi ci » et des « apporte-moi ça ».

J'ai tout mon temps pour fouiner dans le coffre aux livres de contes, ainsi j'ai découvert qu'elle y garde les revues pornographiques, avec sa lingerie érotique qui n'est plus neuve, mais à nouveau pliée dans ses emballages.

Je pense à Anna, à ce coffre où reposent sa lingerie érotique et ses livres de contes.

Anna qui a vraiment fait ce qui figure dans ces revues.

Ne l'a-t-elle fait que pour pouvoir rester à l'étage du dessus ? Et lui, Johnson senior, l'a-t-il fait avec elle simplement parce que ça ne lui coûtait rien ?

Non. Je ne crois pas qu'il s'agissait de sexe sans amour. Johnson junior a raison, le sexe sans amour n'existe pas. Il suffit qu'un des deux soit amoureux et l'amour est là.

Il dit souvent: « Comme nous ne procréons pas, beaucoup pensent que nous les homosexuels, nous prenons le sexe comme un jeu. Moi, j'y ai toujours mis toute mon âme. Je ne couche avec quelqu'un que si j'en suis amoureux. Toi aussi, Gribouille, ne le fais que si c'est pour toi un grand événement, splendide. Autrement, débrouille-toi toute seule. Tu comprends ce que je veux dire, n'est-ce pas ? Ça t'est sans doute arrivé souvent. »

Anna est toute racornie, désormais, et sa poitrine s'est affaissée. Son regard brille encore au fond de deux orbites noires.

Les éléphantes de la Marina accourent, comme quand elle était petite. Elles lui rendent visite chaque jour, et elles lavent, elles repassent, elles cuisinent, chacune à sa manière, c'est-à-dire suivant toutes les manières du monde.

Je m'efforce d'avoir l'air heureux, pour l'encourager un peu. Nous nous sourions en silence.

«J'écrirai sur toi, lui dis-je.

— C'est bien, comme ça je ne mourrai jamais. Ah! Devenir immortelle!

— Dans le roman que j'écrirai, tout se passera bien.

— Mais tu n'écris pas des poèmes?

— Je me suis mise à la prose. Et dans mon roman, je te vengerai. Johnson senior quittera sa femme et renoncera à son appartement et à sa vie confortable, pour faire sa vie avec toi. Il débarquera ici à l'improviste, avec sa valise et son violon, il te dira qu'il t'aime et que l'amour est plus important que tout. Et vous vivrez ensemble, heureux.

— Ah, que tu es gentille! Quel beau roman. Cependant, pour me venger vraiment, il faudra écrire une histoire qui n'est pas vraie, mais qui pourrait l'être.

— Bien sûr: un peu de réalité et un peu d'invention. D'ailleurs, la vie est bien ainsi, non? Comment ferions-nous sans imagination? Mais comment pourrions-nous imaginer en partant de rien?

— Ah, c'est bien vrai! Je t'en prie, dépêche-toi de l'écrire, que j'aie le temps de le lire, ton merveilleux roman. C'est certain, les hommes ont inventé les romans comme ils ont inventé Dieu, mais quelles inventions magnifiques, n'est-ce pas?»

Deuxième partie

La fin du roman d'Alice

1

Natasha ne savait pas comment consoler sa mère. La consoler de quoi? De ne plus vivre à l'étage du dessus? Elle se consolerait bien toute seule cette fois encore, avant de se fourrer dans un autre pétrin. Mais elle était malade, à présent, et Natasha craignait qu'elle n'en ait plus le temps. Elle disait cela puis elle éclatait en sanglots.

Quand elles entendaient Johnson senior sonner à leur porte, timide et hésitant, elles n'ouvraient pas, et si Natasha était là et qu'il insistait, elle lui criait:

«Allez-vous-en! Ne revenez plus. Je vous en prie, fichez-nous la paix!»

Un jour que j'étais assise sur le lit d'Anna, on sonna. C'était très clairement la façon de sonner de Giovannino, et elle me donna la permission d'ouvrir. Giovannino était bien là, et son grand-père juste derrière lui. L'enfant s'enfuit aussitôt à l'étage du dessus, je précédai Johnson senior dans la chambre d'Anna et je réussis à lui dire:

«Calme-toi.»

J'invitai Mr. Johnson à s'asseoir, mais il me répondit quelque chose que je ne compris pas et qui devait être: «Je resterai debout, peu importe», et il se figea sur le pas de la porte. Ils ne dirent mot ni l'un ni l'autre, tous deux pâles et l'air malheureux. Je m'approchai du lit d'Anna pour arranger ses oreillers, et il se précipita pour m'aider, bien que ce fût inutile, simplement pour le geste. Le silence se faisant pesant, je dis : « Comment allez-vous ? Ça fait bien longtemps qu'on ne vous a pas vu.

– Très bien, merci. Et vous ?

– Comme vous pouvez le voir. Il n'y a pas de quoi se réjouir.

– Tout va s'arranger. J'en suis certain.

– Votre fils et votre petit-fils vous ont raconté ce qui était arrivé ?

– Bien sûr. À l'étage du dessus non plus, il n'y a pas de quoi se réjouir.

– Votre femme ne va pas bien ? Elle ne s'est pas montrée depuis un moment.

– Elle va très bien, merci. Mais elle n'est plus ma femme. C'est mon ex-femme. Enfin, ma future ex-femme. »

Nous le fixâmes bouche bée, et il se remit à tapoter les oreillers derrière Anna.

Je pensai les laisser seuls, mais Mr. Johnson recula vers Buckingham Palace et la porte d'entrée pour s'en aller.

« Et votre femme, enfin, votre future ex-femme, comment prend-elle les choses ? lui demandai-je sur le seuil.

– Elle est contente, maintenant. Elle n'était pas heureuse avec moi depuis bien longtemps. J'ignorais qu'on pouvait être si malheureux avec une personne seulement parce qu'elle est malheureuse avec vous, *and to be happy only if she's happy*. Excuse-moi, je me sens comme un jeune homme, aujourd'hui, alors je parle anglais, comme il y a cinquante ans. Je te souhaite, ma chère petite, de connaître l'immense joie de vivre avec quelqu'un qui est heureux d'être auprès de toi. Ma femme m'a aimé, mais à un moment donné, tout ce que je faisais, tout ce que je disais s'est mis à l'agacer. Ma façon de marcher, de manger, ma distraction : tout l'irritait, chez moi. Sottises, me diras-tu. Mais moi, j'avais sans cesse l'impression que le moment était venu de partir. J'ai commencé à rêver d'un oiseau noir comme un cafard, quelqu'un le saisissait pour le tuer et il poussait un *crac!* Nuit après nuit, il revenait, renaissant pour mieux me harceler. Cet oiseau, c'était moi. Tant que j'ai eu du succès, ma femme m'a tout pardonné. Mais je savais que tôt ou tard, cela cesserait. Je n'étais pas un violoniste, j'étais un type qui jouait du violon. Si cela devait cesser, autant que cela cesse sans tarder. Et j'ai disparu de la circulation.

– Mais alors, Mr. Johnson, pourquoi avoir accepté de participer au concert?

– Je pouvais bien y aller. Anna aurait voulu de moi, même si le public m'avait lancé des fruits pourris.

– Sans aucun doute. Vous étiez si heureux avec elle. Elle était si belle et maintenant, la voilà, malade, desséchée et toute tremblante. Savez-vous qu'il va falloir l'opérer du cœur?

– Mon fils m'a dit cela. Si elle est d'accord, je l'emmènerai aux États-Unis. L'opération est simple, mais il y a le problème de l'âge, soixante-cinq ans, ce n'est pas jeune.

– Qui vous a dit qu'elle avait soixante-cinq ans?

– Mon fils.

– Quand cela?

– Dès qu'il l'a su. »

Et il s'en alla après un petit mouvement de tête, cette légère inclinaison des musiciens à la fin du concert.

Mais le lendemain, il était de retour, avec sa valise et son violon, et cela me fit un drôle d'effet d'assister à cette scène : c'était comme de contempler un soleil radieux dans un ciel bleu, mais au cimetière.

«Le destin ne l'a pas voulu! dit Anna en lui ouvrant les bras.

— Si tu veux encore de moi, me voilà! répondit-il en courant se faire embrasser. Sans rien d'autre que mon violon. Je viens vivre avec toi, ici, à l'étage du dessous.

— Je te prends tel que tu es. Mais je suis désolée pour ta femme, et pour toi, privé de ces belles choses, de ce confort.

— Ces belles choses et ce confort n'ont jamais été faits pour moi. Ma femme est riche. Tout lui appartient. Je n'en ai profité que sur un malentendu. Elle était amoureuse d'un violoniste et moi, je n'étais qu'un type aimant jouer du violon. Et je le serai toujours. Je peux rester ici? Tous les rebords de fenêtres se valent, pour tambouriner une mélodie avec les doigts.

— Mais vois comme je suis laide, à présent. La poitrine toute ratatinée, et les yeux si cernés qu'on les croirait pochés.

— Tu es folle? De quelle poitrine ratatinée et de quels yeux pochés parles-tu? *You are lovely.* Comme toujours.»

2

Ainsi, le monsieur du dessus vivait à présent à l'étage du dessous.

L'été approchait, l'opération d'Anna était prévue pour l'automne, quand il ferait plus frais. En attendant, nous faisions des projets pour réaménager l'appartement d'Anna.

Un jour, Johnson junior me déclara : « La pédiatre m'a demandé si mon fils n'avait que moi, si, au cas où je disparaîtrais, car je ne suis plus un gamin, quelqu'un de jeune prendrait soin de lui. Je ne voyais pas qui. Et puis j'ai pensé à toi. Serais-tu d'accord pour être sa tutrice ?

– Si tu me promets de ne pas mourir.

– Promis, juré. J'ai la peau dure. Avec tous les coups que j'ai reçus, je ne devrais plus avoir un os intact. Et pourtant…

– Qui t'a frappé ?

– Mes camarades d'écoles, publiques et privées, de collège, en Italie, aux États-Unis et en France.

– Pourquoi ?

– Sur quelle planète vis-tu, Gribouille ? Parce que je suis gay.

– Comment faisaient-ils pour le savoir ?

– Ils le devinaient. Tout le monde le devine sauf toi, Alice au pays des merveilles.

– Et toi, pourquoi ne me l'as-tu pas dit ?

– Parce que gay ou non, je suis toujours moi. Si je ne m'appelais pas Johnson mais que j'étais moi, ne serais-je pas le même ? Et si, toujours moi, j'étais né je ne sais où, et pas aux États-Unis, serais-je donc un autre ? Lorsqu'on sait que tu es gay, on dirait qu'il n'est plus nécessaire de savoir rien d'autre de toi, comme au bureau de l'état civil quand tu donnes ton nom, ton prénom, ta date et ton lieu de naissance et qu'on établit ta fiche sans même te regarder.

– Tu as peut-être raison. Mais toi, à la bagarre, tu gagnais ?

– Je gagnais toujours. Avec la tête, sinon avec mes poings.

– Tu es un mythe, Johnson junior, gay ou non, américain ou non, Johnson ou pas Johnson ! »

Mrs. Johnson revint sonner chez moi. Elle me demandait si elle ne me dérangeait pas, si elle pouvait s'asseoir un moment pour parler et si nous pouvions nous tutoyer, mais moi je n'y arrivais toujours pas.

« Je suis inquiète pour Giovannino, me dit-elle. Il ne sait pas se défendre.

– Puisque personne ne lui fait de mal, de quoi se défendrait-il ?

– Il prétend qu'on ne lui fait pas de mal à lui, mais aux autres enfants, si. Je lui demande : "Pourquoi aux autres et pas à toi ?" et il me répond : "Je ne sais pas." Je me fais du souci, ça ne peut pas être vrai, c'est lui qui ne s'en aperçoit pas. J'ai peur qu'on sache ce qu'est son père, pas forcément les enfants, mais leurs parents. J'ai peur qu'on le mette en quarantaine. Que les autres ne lui fassent pas de mal seulement parce qu'ils ne le considèrent pas comme l'un des leurs. Je sais que mon fils est allé plus d'une fois le chercher à l'école avec son "fiancé". Je trouve cela monstrueux. »

Mais Mrs. Johnson est revenue troublée de ses derniers entretiens avec l'institutrice. Celle-ci lui a décrit un Giovannino paladin des plus faibles, sous la protection duquel elle plaçait les enfants malmenés, car son petit-fils ayant une conception élevée du monde, il était prêt à se battre pour les défendre, mais aussitôt disposé à faire la paix et à oublier le fâcheux incident. C'était donc un excellent enfant, mais sachant qu'il était éduqué par un homme seul, on pouvait peut-être craindre qu'avec le temps, ces belles qualités ne virent au machisme. «Au machisme?» avait répété Mrs. Johnson, en riant presque. «Une histoire de fous.»

Mrs. Johnson était troublée, et ses idées sens dessus dessous.

Toutefois, lors d'un autre séjour du fiancé à Cagliari, elle insista pour l'inviter à dîner. Avec sa bonne, elle prépara les plus exquises spécialités sardes, des recettes typiques, comme la soupe de poisson d'Oristano, des *arselle alla schiscionera*[1], des *sebadas*[2].

Le lendemain, elle descendit à l'étage du dessous, pour la première fois depuis que Levi Johnson y habitait. Elle se confondit en excuses, vint s'asseoir à côté d'Anna et se mit à raconter le dîner. Elle avait fait ses courses chez les indigènes. Car Mrs. Johnson divisait les commerçants de la Marina en deux catégories: les indigènes, c'est-à-dire les Blancs, et les non-indigènes, tous les autres, Chinois, Sénégalais, Pakistanais, Indiens, Marocains et ainsi de suite. Omar, l'ami de son fils – dire «fiancé» fut au-dessus de ses forces –, semblait être un brave garçon, il avait rapporté des macarons de Paris, et de la beauté de Paris, ils avaient longuement devisé. Quelque chose clochait, cependant. Et c'était grave.

Son mari, après lui avoir ouvert, s'était éclipsé dans la pièce d'à côté, pour jouer du violon.

---

1. Poêlée de palourdes.
2. Beignets au fromage de brebis.

«Stéphane Grappelli! *I Like New York in June!* Vous aimez? demanda Mrs. Johnson à Anna.

– Je ne sais pas trop. Je n'aime pas tellement le jazz.

– Vous vous y habituerez. Et vous finirez par le préférer à toute autre musique.

«L'ami de notre fils, dit Mrs. Johnson en se tournant vers Levi qui était de retour dans la pièce, n'est pas un inverti ordinaire.

– Dans quel sens?

– Dans le sens où il est palestinien.

– Et alors?

– Et alors, s'il faisait mine d'aimer notre fils et qu'en réalité, puisque ta mère était juive et que tu l'es donc aussi, il avait l'intention de le faire exploser?»

Johnson senior éclata d'un grand rire qui n'en finissait plus. Anna ne l'avait jamais vu rire d'aussi bon cœur.

«Cela n'a rien de drôle, grogna sa femme. Notre pauvre Giovannino, un enfant chrétien, dit lui aussi "*Inch'Allah*" et non "Si Dieu le veut", parce que son père lui a expliqué que c'était pareil. Qu'il s'agissait du même Dieu. Alors que c'est faux. C'est un Dieu absolument différent.

– Mais bien sûr que c'est le même Dieu. Le vôtre, le mien, celui d'Omar.

– Toi et ton fils, vous faites toujours feu de tout bois. Même avec Dieu.

– C'est nouveau, ce souci que tu as vis-à-vis de la religion. Tu ne t'es jamais souciée du fait que je sois juif.

– Les Juifs, c'est différent. Personne n'ira reprocher à quelqu'un d'être juif.

– En effet. Aujourd'hui, personne…

– Qu'est-ce que tu sous-entends, qu'à l'époque où ta mère était jeune, je vous aurais dénoncés?»

3

Natasha se demandait ce que Johnson senior avait bien pu trouver à sa mère pour renoncer aux avantages de son mariage, et ce que sa mère pouvait bien lui trouver à lui pour bouleverser l'équilibre de l'unique belle pièce de son vilain appartement en y installant son grand lit, car auparavant, Natasha et sa mère dormaient dans la chambre et désormais, elle l'occupait seule.

Je me l'étais demandé moi aussi, tout comme Johnson junior, mais lui avait trouvé une explication.

« Imagine quelqu'un débarquant d'une autre planète sans rien savoir de la Terre, m'avait-il dit, et que la première personne qu'il rencontre soit Annina. Eh bien, je suis sûr qu'il déciderait de s'installer ici pour de bon, en se disant : "S'ils sont tous comme ça, ici, c'est l'endroit idéal." Nous avons toujours suspecté, ma mère et moi, que papa venait d'une autre planète et que la Terre ne lui convenait pas, et puis finalement, il a rencontré Annina.

– Il l'a rencontrée bien tard, dis-je avec regret.

– Peut-être calculent-ils le temps différemment, chez eux. »

Je proposai à Natasha de prendre ses affaires et de s'installer chez moi. Elle en fut contente, seulement, comme son fiancé ne devait me voir sous aucun prétexte, nous ne l'inviterions jamais à monter.

133

En voyant ses maigres affaires, je compris à quel point Natasha était pauvre et économisait sur tout. Elle mettait du savon ou du vernis sur ses collants filés, ou bien les tirait à l'intérieur de ses chaussures. Dans son vanity-case à fleurs, il n'y avait guère que du bain moussant à deux euros le demi-litre.

Dès lors que Natasha vécut à la maison, ma tante passa souvent me voir. Sans doute était-elle jalouse de ma bonne entente avec mes voisins. Elle se plaignait que, bien qu'elle soit ma tutrice depuis la catastrophe, je ne lui téléphone jamais, je ne vienne pas chez elle lorsque je rendais visite à ma mère au village et qu'elle soit obligée de s'inviter elle-même si elle voulait me voir. Du reste, je n'avais pas l'air ravi de sa présence, sûrement parce que j'attendais qu'elle s'en aille pour retrouver la compagnie de cette bande d'énergumènes que j'avais choisie pour famille, où l'on ne savait dire qui étaient les pères, les mères, de qui étaient les enfants, ou les femmes. *Unu misciamoroddu.* Un pastis. *Su mundu a fundu in susu.* Le monde cul par-dessus tête.

Johnson junior disait de ma tante qu'elle était un être divin. Dans le sens où elle était l'Esprit Crétin fait femme. Pas une simple conne, donc, mais l'incarnation même de la Connerie. Devant un tel miracle, il ne nous restait plus qu'à nous incliner et même, à nous rendre chez elle en pèlerinage pour l'implorer de nous céder quelque relique.

Ma tante débarqua un jour, la mine solennelle.

«Ta présence à Cagliari est un caprice, dit-elle. Il n'y a qu'une demi-heure de car du village à la ville. Et puis cette maison n'est pas seulement la tienne, c'est aussi la mienne, et celle de mon mari et de mes enfants. Nous t'avons laissée faire pour cette première année d'université, au nom des malheurs qui t'ont frappée. Mais cela ne peut pas continuer.

– Natasha n'occupe qu'une seule pièce. L'année prochaine, mes cousins seront là aussi. Nous y serons tous très bien! dis-je en criant presque.

– Non. Mes enfants n'ont aucune intention de s'installer à Cagliari. Ce n'est pas nécessaire, pour une demi-heure de trajet. Cela ne l'est pas non plus pour toi. La meilleure idée, c'est de vendre, et que chacun touche sa part. Tu auras la tienne.

– Louons-le à des étudiants. Je garde ma chambre, et louons les autres pièces. Natasha aussi paiera quelque chose. Je les trouverai, moi, les étudiants!

– Non. Les étudiants saccagent les appartements, et on dépense plus que ce qu'on gagne à réparer les dégâts. Mieux vaut vendre et partager l'argent. Tu auras ta part. Ne t'inquiète pas. Si tu veux vraiment faire ta capricieuse et rester en ville, tu utiliseras ton argent, et tu pourras louer une chambre quelque part aussi longtemps que tu voudras.»

Je ne dis pas à Anna que je devais m'en aller. Elle avait trop d'affection pour moi, et elle aurait pu avoir un coup au cœur avant son opération. Je ne le dis pas non plus à Natasha, ni à Johnson junior. Pour trois raisons, en ce qui le concernait: d'abord parce que j'aurais fondu en larmes et qu'il se serait mis en colère, en m'accusant d'en faire une tragédie, comme si je devais quitter ma terre sur un canot de clandestins; ensuite parce qu'il se serait rué chez ma tante tel un fou furieux, sans me prévenir, et je ne sais pas de quoi il aurait été capable, peut-être aurait-il fini par lui taper dessus, comme il menaçait de le faire avec mon ancienne institutrice, mes parents, mes grands-parents et tous ceux qui ne m'avaient pas aimée; enfin, parce qu'il partait en vacances avec Giovannino et Omar, et que je ne voulais pas lui gâcher le voyage.

Je m'en ouvris donc à Mrs. Johnson, qui m'écouta en silence, avant de me poser tout un tas de questions.

«Mais cet appartement, tes grands-parents, ne l'avaient-ils pas acheté pour toi? Je veux dire, au nom de qui l'acte de propriété a-t-il été établi?

– Au mien et à celui de ma tante, donc il est à nous tous.

– Minute, jeune fille, tu es propriétaire de la moitié de l'appartement, depuis ta majorité, j'imagine, et ta tante de l'autre moitié. Quant à toute la bande, oncle et cousins, ils n'hériteront qu'à la mort de ta tante.

– Ne parlons pas de la mort, Mrs. Johnson, je vous en prie.

– Bien, parlons des vivants. Ta tante veut vendre et sa part et la tienne.

– C'est cela.

– Écoute-moi bien, si tu refuses, ta tante ne peut vendre que sa part. Et qui achètera une moitié d'appartement avec une seule entrée, un couloir étroit, une seule salle de bains et une demi-cuisine, à ton avis? Refuse de vendre, et tu verras qu'elle se résignera à louer à des étudiants, toi tu resteras tranquillement dans ta moitié des lieux, et le problème sera réglé.

– Mais ma tante ne m'aimera plus, elle me détestera.

– Dans le cas contraire, c'est toi qui la détesteras.

– Non, je ne détesterai jamais personne. Je ferai ce qu'elle m'a demandé.

– À force de trop fréquenter mon mari et mon fils, tu as été contaminée. Tu es une extraterrestre toi aussi, maintenant.»

Je faillis presque rire, mais je rentrai désespérée chez moi.

Le lendemain, elle me téléphona.

«Monte, j'ai fait une tarte tatin, je te donnerai la recette et tu la passeras aux extraterrestres qui t'ont envoyée chez nous pour connaître nos secrets.»

Je montai à l'étage du dessus. Au fond, elle était gentille et le problème ne la concernait pas.

« *Mange, ma petite, tu deviens trop maigre*, dit-elle en français, comme chaque fois qu'elle voulait être gentille et mystérieuse.

– Je ne mangerai plus jamais, et je mourrai.

– Mourir, mourir, nous faisons tous une fixation là-dessus à la moindre difficulté. C'est si important pour toi de rester ici ? Dans cette maison de fous ?

– C'est ici que vit ma famille.

– Et qui suis-je, moi, ta grand-mère ?

– Oui. Ma grand-mère. Ma seule vraie grand-mère.

– Je ne suis la vraie grand-mère de personne.

– Tu renies Giovannino ?

– Mais non. Je l'adore. Le fait est que je ne suis pas la vraie mère de mon fils. Nous ne pouvions pas avoir d'enfant, et nous l'avons adopté. Personne ne le sait. Pas même lui. Tout cela s'est fait aux Amériques. Nous sommes allés chercher le nouveau-né au Brésil, puis nous avons vécu un an à New York ; je voulais qu'il soit new-yorkais, j'étais si heureuse. Si j'avais su qu'il était homosexuel, je l'aurais remis dans la benne à ordures où on l'a trouvé.

– Je ne te crois pas. Enfin, je veux bien croire qu'il n'est pas votre fils biologique, mais pas que tu l'aurais laissé dans la benne.

– Enfin, tu me tutoies. Je suis bien ta grand-mère, dans ce cas.

– Et pour la ressemblance ? Personne n'a jamais rien remarqué ?

– Personne. Les gens se disaient qu'avec une mère sarde, il était normal qu'il ait le teint aussi mat.

– Cette fameuse normalité…

– *Très bien*… Maintenant que Levi est à l'étage du dessous, sa chambre est libre, et elle t'attend, à l'étage du dessus. On dira que je suis vraiment ta grand-mère.

– Et Natasha? Natasha peut venir elle aussi?

– Je n'ai guère envie d'être la grand-mère de Natasha. Elle m'est antipathique. *Impudente, sfaccia,* une effrontée. Mais bon, faisons comme si c'était une Juive et qu'il fallait la cacher, à Paris, sous l'occupation nazie. Je ferai ça en mémoire de ma belle-mère. Et puis tiens, il ne te l'a pas dit pour ne pas gâcher tes vacances, mais mon fils rentre à Paris pour la prochaine année scolaire.

– Et Giovannino?

– *Mon Dieu!* Giovannino reste ici, bien entendu.

– Dieu merci! Il m'a toujours dit qu'il resterait, qu'il ne renoncerait jamais à Cagliari et à la mer dans la ville.

– Son père lui a laissé le choix. Je l'ai trouvé admirable. Il lui a expliqué comment la vie s'organiserait, à Paris. Qu'Omar viendrait habiter avec eux.

– Et Giovannino?

– Il a répondu qu'il aimait bien Omar, mais qu'il ne pouvait pas changer sans cesse d'endroit, et que Cagliari était le plus bel endroit du monde.

– Si Dieu veut, *Inch'Allah,* nous au moins, nous resterons ensemble. D'ailleurs, comment ferait-il sans la mer? Nous y allons presque tous les jours, quel que soit le temps.

– *Ma petite fille,* j'ai poussé un soupir de soulagement quand l'enfant a dit qu'il resterait ici, et ce n'est certes pas à cause de la mer. Ni par égoïsme. Tu me comprends, n'est-ce pas? C'est important, un père, mais une vie normale aussi. Giovannino s'est révélé le plus sage de tous. Dieu a eu pitié de moi pour une fois, en me donnant au moins un petit-fils qui ne soit pas une exception! »

4

Un jour, avant la fin de l'été, Natasha me dit : «Je suis enceinte. Si je dois me suicider, il faut que je me dépêche de trouver cette capsule de cyanure, mais il paraît que la mort-aux-rats marche aussi bien.

– Natasha ! Mais c'est merveilleux ! Ton fiancé t'aime, il est fidèle, et il sera si heureux d'avoir un enfant.

– Ça, c'est dans les contes de fées. Un bon suicide préventif, je préfère. Mourir, et puis basta, plus d'agitation, plus besoin de résister, de contrôler les situations, d'avoir peur des adieux. Advienne que pourra, de toute façon, je ne serai plus là.

– Et le bébé ?

– Qu'il ne naisse pas, c'est mieux comme ça. Ce serait mieux pour tout le monde, de ne pas naître.

– Mais la vie est aussi pleine de belles choses, non ? Si tu es enceinte, c'est que tu as fait l'amour. N'est-ce pas merveilleux, de faire l'amour ?

– L'amour, vas-y ! Le cul, ça oui, on n'arrête pas. Dans la voiture, puisqu'on n'a nulle part où aller, et que je ne veux pas qu'il monte ici chez toi. Il est dingue de moi. Tu m'as vue, non, quand je sors avec lui, comment je m'habille ?

– Comment t'habilles-tu ?

– Laisse tomber, tu n'as même pas remarqué.

– Tu es douée, pour le sexe ?

« – J'ai toujours envie. Je mouille dès qu'il me touche. Il dit que je suis une machine de guerre sexuelle.

– Une machine de guerre sexuelle ! Mais tu n'as rien à craindre, alors ! Il ne te quittera jamais. Et puis, il va être ravi, pour le bébé.

– Mais je voulais faire les choses bien, moi, racheter ma grand-mère, ma mère, que quelqu'un au moins, dans cette malheureuse famille, ne fasse pas tout à l'envers.

– Faire les choses bien, qu'est-ce que ça veut dire ?

– Ça veut dire les faire dans l'ordre. Par exemple, tu te maries, et ensuite tu fais des enfants.

– Johnson junior sera bientôt de retour avec Giovannino, il revient prendre ses affaires. Nous allons lui parler et il saura te dire ce qu'il faut, tu verras. Il le sait toujours, même si tu penses qu'il a agi contre la nature en ayant Giovannino comme il l'a eu. C'est vouloir mourir enceinte qui est contre-nature. »

Je téléphonai à Johnson junior et je lui demandai de rentrer tout de suite, sans attendre la fin de l'été, car il était le seul à pouvoir convaincre Natasha de ne pas se suicider. Le seul qui saurait expliquer à son fiancé, au cas où il ne voudrait pas du bébé, la chance que c'était d'avoir un enfant avec la personne qu'on aime, une chance que tout le monde n'a pas. Et surtout, il saurait parler à Annina sans la brusquer, avant son opération.

5

Giovannino et moi, nous profitions de la plage du Poetto, avant que l'été ne se termine, avant que l'école ne commence, avant que moi aussi, je ne fasse mes bagages pour monter à l'étage du dessus, avant que le ventre de Natasha ne s'arrondisse, avant qu'on ne mette les mains sur le cœur d'Anna.

En septembre, la plage du Poetto est magnifique. Plus belle que jamais. Parfois, il me semble que les vagues sont plus légères, mais leur bruit plus net, entêtant. Peut-être parce que l'été est sur le déclin, et qu'il cherche lui aussi à profiter du temps qui lui reste, obstinément.

Mrs. Johnson venait avec nous, en autobus, elle qui s'était toujours déplacée en taxi, mais qui n'en avait plus les moyens. Nous le prenions à l'arrêt de la piazza Matteotti, en tête de ligne, jusqu'à notre endroit favori, à Giovannino et à moi, où il n'y avait aucun kiosque, seulement une de ces vieilles fontaines vertes en fer, pour l'eau potable.

La plage du Poetto, en ce mois de septembre, fut notre refuge secret. Le temps y avait un rythme bien à lui, distinct de celui de la vie quotidienne. Certaines journées paisibles, les rayons du soleil donnaient à l'eau une transparence totale et une couleur émeraude. De petits capelans dansaient sans crainte tout autour de nos pieds.

Quand nous arrivions assez tôt, le promontoire de Sella del Diavolo émergeait d'une très légère brume matinale. Pour nous, passer quelques heures là-bas, c'était comme revenir dans ce monde parfait, divin, dont chaque être humain sait qu'il est issu et dont il a la nostalgie.

Trois générations de naufragés, la vieille, la jeune et l'enfant. Une fois débarqués sur une plage de sable blanc et fin, tous les problèmes disparaissaient. Vraiment, mes parents n'avaient été que des gamins immatures. J'aurais voulu leur montrer la mer avec mes nouveaux yeux.

Nous restions assises sur nos serviettes, pendant que Giovannino courait, heureux, à sa manière à lui, comme s'il poursuivait une chose hautement désirable. Mrs. Johnson se plaignait des familles trop bruyantes et m'interdisait de demander à quiconque de garder nos sacs pour que nous puissions nous baigner tous les trois ensemble parce qu'elle trouvait cela *gaggio*, vulgaire. Elle me confiait qu'elle aussi, toute vieille sorcière qu'elle était, aurait bien aimé se trouver un fiancé, car notre cœur n'aspire qu'à l'amour. Et qu'en y réfléchissant bien, le meilleur âge pour tomber amoureux, c'était justement la vieillesse.

« Pourquoi ? lui demandai-je.

– Parce qu'à votre âge, celui de Natasha et le tien, ça finit tôt ou tard.

– Ça finira entre Natasha et son fiancé ?

– Je crois bien que oui.

– Et entre Johnson senior et Anna ?

– De toi à moi, tu as l'impression qu'Anna apprécie le jazz ?

– Johnson senior, lui, l'aime, en tout cas. Je ne sais pas si elle apprécie le jazz. Elle adore les chants religieux, les Beatles, les airs d'opérette. J'ai remarqué qu'avant, elle laissait la porte ouverte quand Johnson jouait. Maintenant elle la ferme. Je lui ai demandé pourquoi, et elle m'a répondu qu'elle le faisait pour qu'il puisse mieux se concentrer.

– Nous savons parfaitement que c'est faux.

– Ça finira entre eux aussi ?

– Non. Mais c'est parce qu'ils n'auront pas le temps de se lasser l'un de l'autre. Leur fin à eux arrivera bien avant cela. C'est l'unique avantage de la vieillesse. Et je voudrais en profiter moi aussi. Mais pour finir en beauté, je me choisirais un monsieur comme il faut, sensé, un Terrien, bref, quelqu'un de très différent de Levi et pourquoi pas, riche, histoire de reprendre des taxis et de renouveler ma garde-robe. Tous ces bouleversements m'ont donné des envies bizarres, à moi aussi, qui ai toujours été si normale, pourtant.

– Entre Natasha et son fiancé, ça ne durera pas, même si elle est une machine de guerre sexuelle ?

– *Ma petite fille**, tu es obsédée par les machines de guerre sexuelles, mais tu as coupé à ras tes magnifiques cheveux !

– Je veux devenir un garçon.

– Pour séduire mon fils ? *Malheureuse* !* Pauvre enfant ! On se lasse pareillement du sexe, au bout d'un moment. Et si Natasha garde le bébé, ça finira encore plus vite entre elle et son fiancé.

– Johnson junior la convaincra certainement de le garder, il s'y emploie, il trouvera bien un moyen.

– Ah, bien sûr, c'est facile, pour lui. Que veux-tu qu'il trouve ? Lui qui n'a fait un enfant que pour lui gâcher la vie. Sache que le petit a décidé d'aller à Paris avec son père et cet Omar. »

Giovannino allait donc partir lui aussi, tous ceux que j'avais aimés, dans ma vie, s'en allaient.

Giovannino marchait vers nous. Il criait: «Elles font du bruit, les vagues, aujourd'hui!», mais je ne l'entendais pas. J'aurais voulu ne plus exister, n'être jamais née. Je regardais mes chaussures à côté de ma serviette, en me demandant comment elles seraient sans mes pieds dedans, à jamais vides. Le monde peut sombrer, disparaître, à n'importe quel moment.

6

Johnson junior chercha de nombreuses fois à me parler. Je ne lui répondais pas au téléphone, et je n'ouvrais pas quand il frappait à ma porte. À la fin, il m'envoya Giovannino.

«Alice! Alice! m'appelait-il derrière la porte. Alice, je sais que tu es là et que tu ne veux plus nous voir, papa et moi. Mais moi je ne mentais pas, quand je disais que Cagliari est la plus belle ville du monde, et que je voulais rester ici toute ma vie. C'était vrai, quand je te disais que pour moi, ma maman, c'est toi. Mais moi, je veux aller là où va mon papa. Ce n'est pas vrai, qu'il est méchant, comme vous dites toi et mamie Urgu!

– Tu l'appelles mamie Urgu, maintenant?

– Papa m'a dit que ce n'est plus mamie Johnson depuis que c'est Annina, mamie Johnson. Papa m'a dit de te dire que si tu veux, tu peux venir toi aussi, avec nous, à Paris. Tu n'auras pas besoin de travailler, tu pourras étudier comme tu voudras parce qu'Omar et lui, ils gagnent assez pour toi et moi, qui ne travaillons pas.

– Dis-lui que j'y réfléchirai. Mais que ça ne me va pas de vivre aux crochets de quelqu'un. À Cagliari, je me débrouille, pour l'argent, à Paris, ce ne sera pas possible. »

Je l'entendis rire, à ce moment-là, derrière la porte.

«Pourquoi tu ris?

– Parce que papa, il s'en doutait que tu dirais ça, et il pense que tu peux participer en mijotant tes spécialités, les rôtis d'éponge, les omelettes qui bavent de trop et les soupes avec des débris de légumes qui flottent dedans. »

Je n'arrivais pas à me décider. Devais-je aller à Paris avec eux ? M'installer à l'étage du dessus chez Mrs. Johnson ? Rentrer au village chez ma mère qui, bien que folle, était tout de même ma véritable mère.

Entre-temps, nous reprîmes nos promenades sur la plage du Poetto, Mrs. Johnson, Giovannino et moi.

« Giovannino t'appelle mamie Urgu, maintenant », dis-je un jour à Mrs. Johnson, assise sur une serviette à côté de moi, face à la mer.

« C'est mon nom de jeune fille. Son père veut l'habituer à dire les choses comme elles sont, et comme bientôt je ne serai plus mariée, je reprends le nom d'Urgu.

– Je pense aller à Paris.

– *Ma petite fille**… Crois-tu que ce soit une bonne idée ?

– Ils m'assurent qu'il n'y a aucun problème. Qu'on se serrera. Omar dit que d'après le prophète Mohammed, s'il y a à manger pour deux, il y en a pour trois, que s'il y en a pour trois, il y en a pour quatre, et ainsi de suite.

– Bien sûr, pourquoi n'irions-nous pas tous, moi, Levi, Annina, Natasha, son fiancé, *leur petit bébé**, et tant qu'on y est, ta mère et la jeune fille qui s'en occupe ? Où est le problème ? Et pour manger, on allongera la soupe avec de l'eau ! Ma fille, écoute mamie Johnson, ou Urgu, qu'iras-tu faire à Paris, avec un homme qui n'est pas le tien, un enfant qui n'est pas ton fils et cet Omar qui n'est pas non plus ton beau-frère ? Tu veux écrire, et tu t'appelles Alice, en plus, écris donc tes aventures "au pays des merveilles", mais construis-toi une vie normale, une famille normale.

– Mais qu'est-ce que c'est, une vie normale ?

– C'est celle de la plupart des gens! Être normal, c'est ressembler à tous les autres.

– Non, un fou dans un hôpital psychiatrique ressemble aux autres fous, il n'est pas normal pour autant!

– Les choses normales sont les choses naturelles!

– Il y a de tout, dans la nature.

– Celles qui respectent l'ordre des choses!

– Mais ça n'a pas de sens. Tout dépend de la façon dont on les prend, les choses, normales ou pas.

– C'est vrai, ça peut être une malédiction mais aussi un bienfait, regarde-le courir, mon petit-fils Giovannino, tout heureux! Tu sais que j'adore venir ici, sur cette plage?

– En vérité, j'ai l'impression que devant la mer, tout paraît plus léger, chaque problème arrive avec les vagues, qui le remportent en se retirant. »

Troisième partie

Je suis certaine, car je la connaissais bien, qu'au moment du dernier éclair avant les ténèbres, Anna s'est dit qu'au fond, il fallait s'y attendre : son cœur fatigué ne tiendrait pas le coup.

En comprenant que c'était la mort qui approchait, elle a dû penser que ce n'était pas aussi terrible, au fond, que mourir pouvait même être assez doux, qu'on irait mieux après.

Mais la dernière partie de sa vie avait été de loin la plus belle. La lumière de l'étage du dessus. Ah, l'étage du dessus ! Et Mr. Johnson, quand il avait débarqué avec sa valise et son violon ! Ah, quel bon écrivain j'avais été ! Avec les romans, l'âme s'envole !

Remerciements

Tout est sens dessus dessous, dans ce livre, même les remerciements. Je me souviens seulement maintenant que je dois remercier mon ami Beppe Napoleone, car sans lui, qui l'a inventé, mon roman *La Comtesse de Ricotta* n'aurait pas eu de titre.

CET OUVRAGE A ÉTÉ ACHEVÉ D'IMPRIMER
SUR ROTO-PAGE
PAR L'IMPRIMERIE FLOCH À MAYENNE
EN JUILLET 2016

Deuxième réimpression

N° d'édition : 489. N° d'impression : 89904
Dépôt légal : avril 2016.
Imprimé en France